봄밤을 거슬러

정미형 소설집

봄밤을 기슬러

산지니

차 례

벽 속으로 사라진 남자

계절이 몇 번 바뀌고도 남편은 돌아오지 않았다. 서랍장에 가을용 블라우스를 집어넣고 얇은 코트를 꺼내 입자마자 한 주 동안 차가운 비가 내내 내렸다. 겨울로 넘어가고 있었다. 언제 가벼운 이불을 빨아 널고 말렸는지, 햇양파를 사서 장아찌를 담가 둔 것은 또 언제였는지 기억이 잘 나지 않았다. 시간은 모든 걸 쓸어 담아버린 봉투 같았다.

일기를 쓰지 않았다는 게 그 이유인지 모르겠다. 그것일까. 남편이 벽 속으로 사라졌다고 처음 일기를 쓰기 시작하다가 어느 순간 적지 않게 되었고 그 이후 시간은 어떻게나 빨리 지나갔는지 모든 게 뒤죽박죽이 되었다. 그저 집에서 누군가에게 전화 오기를 기다리며 서성대다가 쉬운 일거리를 했고 채 일이 끝나기도 전에 저녁이 되고 깊은 밤이 되면 잠자리에 들었다. 다 말리지 못한 옷들이 빨랫줄에 늘 널려 있는 기분이었다. 하루는 또 그렇게 어김없이 끝이 났다. 남편에게 오던 정기 간행물은 한 곳에 쌓였고, 한 번씩 남편의 안부를 묻는 거래처의 메일도 이젠 끊어졌다. 남편의 휴대폰은 충전이 되어 있지만 더 이상 전화 연결은 되지 않았다.

　나는 방 안에서 창밖으로 흐르는 듯 얼룩지는 광경을 지켜보았다. 늦은 점심으로 햄을 넣은 볶음밥을 해 먹고 설거지를 하고 식탁을 닦고 앉았다. 조용한 날들이 이어졌다. 커피를 마시며 눈이 내릴 것인지 비가 내릴 것인지 가늠하며 밖을 내려다보았다. 방송에서도 강원도 산간에 진눈깨비가 내릴 거라고 했다. 다용도실에 생강이 말라가고 있었다. 옆집 부인에게서 받은 것이다. 그 부인은 겨울 생강이 몸에 좋다고 한 번씩 가져다주었다. 어제는 그 부인이 다니는 교회의 모임에 초대를 받았지만 나는 거절했다. 다음 주 어쩌면 또 나를 초대할지도 모른다. 옆집 부인은 거의 예순 살에 가까워 보였는데 자신이 한 번도 결혼한 적이 없는 독신이라고 했다.

　안개는 소용돌이치면서 기름처럼 지워지지 않고 창가에 눌러 붙어 있었다. 한동안 거의 외출을 하지 않았고 머리칼을 자르지 않았고 머리칼이 길어 거울에 비친 얼굴이 야위어 보였다. 계절은 여러 번 바뀌었다기보다 그냥 하염없이 길어진 것이 맞았다.

　마을버스 정류소에서 내려 언덕으로 올라가는 길목으로 향하다가 멀어져 가는 마을버스를 바라보았다. 다시 눈이 내릴 듯 회색의 구름이 언덕 아래까지 펼쳐져 있었다. 나는 걷다가 지나쳐 온 아랫동네를 굽어보았다. 낯선 곳이라 막막한 것인지 아니면 회색풍경으로 얼룩져서 그런지 기분은 영 나아지지 않았다. 지나는 사람도 별로 보이지 않았다. 어느 집 낮은 대문 앞 모퉁이 화분이 잔뜩 시든 풀을 담고 있었다. 이곳은 산의 중턱으로 죽 작은 도로가 연결되고 있었다.
　겨우 한 시간 남짓 떨어져 나온 곳이 이렇게도 낯선 곳인지 두리번거렸다. 같은 도시 속의 산동네 초입이었다. 하지만 길거리 어디라도 전화번호가 적힌 가게 간판이 보이지 않았기에 나는 길을 잘못 든 게 아닌가 싶었다. 눈이 나빠진 것은 아니지만 요즘 때때로 지나치면서 보지 못하는 게 많아졌다는 생각이 들었다. 이곳 전체는 도시 개발이 묶여 있는 곳일 수도 있었다.

　아주 오래전 새벽, 아버지와 함께 걸어갔던 산의 초입이 이것과 같았음을 떠올렸다. 산으로 가기 위해 산의 입구를 관통하는 터널을 지나야 했다. 터널을 지나 밖으로 빠져나가면 다닥다닥 붙은 집들이 갑자기 사라지고 풀과 나무로 가득한 다른 세상이 되었던 기억이다. 아버지가 돌아가시기 전이니 열 살 때 즈음이었다.

　그들이 알려준 이곳으로 오기 위해 지하철과 버스를 번갈아 탔다. 차를 운전하려 했지만 오전에 자동차에 문제가 생겼다는 것을 알았다. 누군가 사이드미러를 부러뜨리고 가버렸다. 한 번씩 아파트 주차장에서 일어나는 일이었다. 그러기에 차를 몰고 올 수가 없었고 또 눈이 올지도 모를 낯선 곳을 가는데 운전을 하고 싶지도 않았다. 그리고 보니 차로 외출한 지 꽤 오래되었고 이제는 차를 모는 것이 두렵기도 했다.

　온수역 3번 출구에서 내려 택시를 기다리다가 나는 다가오는 작은 마을버스를 보았다. 바로 올라탔다. 목적지의 정류소 명칭이 보였기 때문이었다. 더구나 그 작은 버스는, 오래진 남편과 지진 피해지역으로 가는 외국의 여행길에 탔던 청록색 버스를 닮아 있었다. 마을버스는 종점이 산성마을 주조장으로 적혀 있었다. 낡았기도 하지만 아직도 이런 버스가 운행될 수 있을까 싶게 작고 기이한 구형 버스라는 느낌이 들었다. 마치 십 년 전쯤에 달리다가 사라진 버스가 갑자기 나타난 것처럼. 버스는 오르막길을 거침없이 달렸다.

마지막 지점에 다다랐을 때 버스에는 나 외에 단 한 명의 노인이 타고 있었다. 그 노인은 차창에 기댄 채 잠들어 있었는데 한 번씩 눈을 떠서 지루한 듯 버스노선을 확인하고 또다시 잠들었다. 순환하는 버스의 교대 근무를 하기 위해 미리 함께 타고 있는지도 모른다는 생각이 들었다. 하지만 그 노인은 너무 늙어 보였다. 이제라도 곧 죽을 듯이 힘이 없어 보이는 노인은 차창에 머리를 기대어 졸았다. 운전수는 노인에게 이따금 이야기를 걸었고 노인은 눈을 감고도 이미 다 본 듯 말했다. 나는 마을버스를 타고 가는 동안 그들이 나누는 이야기를 들었다. 마을버스는 어김없이 정류소마다 정차했다.

문을 닫은 어느 낡은 건물 내부에 사무실이 있었

다. 겉으로 보기에 이곳은, 실종자를 찾는 사람들을 위한 사무실 같아 보이지 않았다. 아무도 이곳을 찾을 것 같지 않았다. 어두운 건물의 내부에서는 습기찬 시멘트 냄새가 났다. 사무실을 방문하는 것은 처음이었고 나는 직접 이곳을 보고 싶었다. 믿을 수 없는 일이라 여겼으니까. 밖에 걸려 있는 대흥기획사라는 간판은 오래된 것이었다. 삼층 건물 안은 어두웠고 조금 넓고 휑했지만 버려진 의자들이 있었다. 망설이다가 나는 사무실로 걸어 올라갔다.

　문을 열자 고개를 푹 숙이고 의자에 앉아 있는 한 중년의 여자가 나를 향해 눈길을 보냈다. 그녀는 대기자들을 위한 듯한 다섯 개의 의자 중 한 곳에 앉아 책자를 보고 있었다. 그 여자도 사라진 가족 중 누군가를 찾으러 왔거나 실종사건이 어떻게 진행되는지 알아보러 왔을 거라는 생각이 들었다.

"여기서 얼마나 기다리는 건가요?"

　이곳 사무실 의자들은 아주 단순한 모양으로 다리와 등받이와 바닥으로 이뤄진 목재의자였다. 소파도 가죽 등받이 의자도 아닌 모습으로 모든 이들에게 똑같이 줄지어 늘어서 있고 벽에 난 상담실의 작은 문을 향해 놓여 있었다. 나는 중년의 그 여자에게 말했다. 그 여자 외에는 아무도 없었기 때문이다.

그 중년의 여자 곁에는 작은 강아지 한 마리가 가방 속에 들어 있었다. 짖지도 않고 움직이지도 않는 강아지는 마치 죽은 듯 조용해 보였다. 그것은 강아지를 닮은 인형이었는지도 모른다. 다시 고개를 숙인 중년여자는 아무 소리도 들리지 않는 듯 꿈쩍도 하지 않았다. 시간이 지나도 누구도 그 중년의 여자를 부르지도 않았다. 상담실 내부에 누가 있기나 한 걸까? 이곳으로 오라고 전화로 알려주던 그 회색 옷을 입은 담당자는 지금 여기 없을지도 모른다. 처음 나는 그들이 이상한 종교 활동을 강요할 수도 있겠다고 생각했다. 어쩌면 돈을 요구할 수도 있으리라. 나도 그 정도는 각오하고 있다. 사무실 안을 돌아보았다.

늙은 여인이 앉아서 천천히 뜨개질거리를 꺼냈다. 으스대는 듯 여자의 표정은 이미 상담실 안의 누군가를 만나고 나온 듯했다. 잠시 후 문이 열리고 나는 내 차례가 된 것을 알았다. 또다시 회색 옷을 걸친 그들의 모습이 보였다.

오래 기다린 상담실 안은 캡슐처럼 좁은 곳이었다. 상담실 작은 창밖으로 흐린 풍경 속에 휘몰아치는 기체가 뿜어져 나갔다. 바로 옆 건물인 대형 세탁소에서 품어져 나오는 증기 같았다. 드라이 클리닝 세탁물에 쓰는 화학약품 냄새가 나고 있었다. 소리 없이 내리는 진눈깨비 같기도 했다. 머릿속에서 마을버스가 이곳을 재빨리 지나쳐 버릴 것 같았다. 마치고 나서 밖으로 나가면, 비어 있는 택시가 불빛을 밝히고 온다면 좋겠다고 느꼈다. 그렇지 않다면 콜택시를 부르리라 생각했다. 이곳의 정류소 이름이 무엇이었는지 떠오르지 않았다. 그 좁은 곳에서 두 사람이 책상 앞에 있었다. 한 사람은 자료를 정리하는 듯 가림막 뒤에 앉아 있었다. 사람들이 많지도 않은 이곳에 일부러 오래 기다리게 하다니 어쩐지 석연치 않은 곳이었다. 나는 그들에게 약속한 대로 기록장을 한 권 꺼내 보여주었다.

그들은 벌써 세 번에 걸쳐 나에게 연락을 해 왔다. 경찰도 아니고 법적 권한을 가진 것도 아닌 그들이 남편의 실종에 대해 무엇을 알려줄 수 있는지 처음엔 아무런 기대도 하지 않았다. 우연히 나타난 그들은 그저 '벽 속으로 사라진 사람들을 찾는 모임'의 일원이라고 했다. 그리고 목격자로서 나의 이야기가 필요

하다고 했다. 하지만 나는 그들의 상담활동을 두 번이나 무시했다. 내가 무엇을 정확히 보았다고 말해야 할지 알 수 없었다. 그건 그저 꿈, 두려워진 마음에 내 눈이 만든 환상일 수도 있었다. 그리고 요즘 남편이 사라졌으면 하고 바란 적이 있었다고 그들에게 말해야 할지도 모른다.

한동안 의자에 앉아 나는 처음 그들을 본 날을 되새겨 보았다.

가방에 든 노트를 꺼내서 내가 적어두었던 몇 가지 이야기들과 질문해야 할 것들을 다시 보았다. 그러다 보니 남편이 벽 속으로 들어갔다고 여기는 것보다 벽 속으로 사라진 사람들을 찾는 모임이 있다는 것이 더 기이하게 여겨졌다. 그들은 무얼 바라고 있는가. 정말 실종자를 찾아 그들이 무엇을 보았는지 알고 싶은 것일까. 나는 벽으로 사라진 사람들이 찾아질 수는 있는 것인지 알 수 없었다. 그들은 이렇게 사라진 사람들이 이 도시에서 조금씩 늘어나고 있다고 했다.

그동안 쓰면 쓸수록 오타가 생기는 이상한 타자기로 글을 쓰는 기분이었기에 나는 받은 노트에 이 주일 치의 기록을 적은 후 더 이상 기록하는 것을 멈추었다. 그들은 실종일지를 적어두라고 말했지만 어느 순간 단 한 자도 써나갈 수가 없었다. 문 밖으로 늙은 여인이 사무실을 떠나가는 소리가 들렸다. 강아지 울음소리가 들렸다. 벽 너머 아주 멀리 가버리는 듯.

남편이 스르르 벽 속으로 사라졌다. 그에게서는 그때 한 점 불안한 떨림이라고는 찾아볼 수 없었다. 마치 다니던 산책의 마지막 코스라도 되는 듯 걸어 들어간 것이다. 나는 그것을 보았다. 남편이 벽 속으로 사라진 것은 어쩔 수 없는 일이다. 남편은 그 벽 외에는 더 이상 달리 갈 곳이 없었다. 남편이 사라진 것을 그의 친구 케이는 알고 있을까?

남편이 사라진 곳은 한 면이 검은 문양으로 장식된 벽 앞이었다. 검은 보라색과 진한 녹색 그리고 음울한 금색으로 칠해진 그 장식 벽지는 남편이 화가인 친구 케이에게서 구해 온 것이었다. 그날 남편은 그 벽지를 책장을 들어낸 거실의 서쪽 벽면에 발라버렸다. 나는 남편에게 화를 냈다. 검은 보라색 장식 벽지 속 언뜻언뜻 나타나는 어떤 문양 때문이기도 했다. 그것은 바라보는 자리에 따라 보이기도 하고 사라지기도 했다. 마치 벽 속에 숨었다가 나타나며 숨바꼭질을 하듯 장난치는 샴고양이 같았다.

풀칠이 채 마르지 않은 벽지 앞에서 나는 남편의 성급함을 탓했다. 벽지를 바르기 전에 나에게 한번 물어봤어야 했다. 고양이는 내가 좋아하는 동물이 아니라는 걸 그도 알고 있었다. 그것보다 더 화가 난 것은 그것을 준 사람 또한 바로 남편의 친구 케이였기 때문이다. 벽지 앞에 선 남편은 그저 '뭐 어때'라는 듯 씩 웃었다. 남편은 늘 케이가 주는 것이라면 아무런 생각도 없이 덥석 받아들였다. 그날 이후 남편은 늘 벽면을 바라보았다.

남편이 산책을 자주 다녔나요? 네. 그는 산책을 마치고 와야 잠이 드는 편이에요.

남편이 산책을 가는 이유가 뭐라고 생각하세요? 그는 그냥 걷는 것이 유일한 취미였어요. 그들은 내게 남편이 벽에 바른 그 장식벽지에 대해 자세히 물었다. 그리고 케이라는 인물에 대해서도. 그들에게 케이에 대해 이야기한다 해도 그들도 케이를 알지는 못할 것이라고 했다. 또한 케이조차 연락이 되지 않으니 알아낼 수도 없을 것이고 혹 안다 해도 케이는 결코 도움을 줄 사람이 아니었다.

남편이 산책을 나가는 이유가 혹 다른 뭔가를 찾는

거란 생각은 안 하셨어요? 한 번도 그러지 않았어요. 남편은 사람들과 잘 어울리고 친구들이 많았어요. 그리고 집에만 있는 나를 늘 걱정했어요. 친구들을 만나라고 말하기도 했어요. 나는 친구들과 그렇게 수다를 떨며 노는 일을 즐기지 않았어요. 별로 중요하지 않은 일로 큰 소리로 호들갑을 떨며 세상 이야기를 나누는 것이 친교라고 여기지 않았으니까요. 나는 집 안에서 평안하게 지내는 게 좋았어요. 책을 읽거나 영화를 보거나 음악을 듣고 음식을 만들고. 남편과는 큰 다툼 없이 지내고 싶었으니까요.

케이라는 사람이 왜 그런 벽지를 주었다고 생각하나요. 마지막으로 나의 글을 읽고 난, 또 다른 남자가 물었다. 그는 누군가와 닮아 보였는데 평범하고도 익숙한 얼굴은, 끊임없이 방송에서 보아온 개그맨을 닮았다. 케이는 남편과 가장 친했어요. 그는 남편에게 많은 것을 주었어요. 서로가 주고받았기에 누구의 것이랄 게 없어요.

케이는 남편의 오랜 친구로 화가였다. 케이는 우리의 결혼을 가장 냉소적이고도 불온한 예언으로 떠들던 사람이었다. 케이는 나에게 사납고 메마르고 남자의 편안한 휴식이라는 것을 결코 이해하지 못할 여자라며 나를 만난 후부터 술에 취하면 한 마디씩 했다. 결혼 전의 일이었다.

"이월생은 어쩐지 뭐 하나 빠진 것 같지 않아?"

함께 술을 마시던 테이블, 남편 앞에 놓인 치킨조각이 툭 바닥에 쏟아졌다. 술잔 속 맥주 거품이 순식간에 가라앉아버렸다. 케이는 농담이라며 낄낄 웃어버렸다. 이월생이라는 걸 케이에게 말한 사람은 남편이었을 것이다. 나는 목에 뭔가 걸린 느낌이 들었다. 내게 음력 이월생이란 건 좀 특별했으니까.

"음력 이월생에게는 뭔가가 빠져 있는 것 같은가요?"

케이는 나의 말을 듣고도 그냥 모른 척 눈을 돌렸다. 남편은 무안한 눈빛으로 나를 바라보았다.

"글쎄요. 운이라고 할까. 이월생, 제 어머니가 그랬어요. 이월은 바람이 많은 달이라고. 그냥 다들 사는 것 같아도, 사는 게 이게 어려워요."

결혼 전 케이를 소개 받았을 때 그는 나를 보며 이전에 아는 얼굴이라도 되는 듯이 슬쩍 웃었다. 그 웃음은 나의 피부를 뚫고 말초신경에 가닿는 듯 움찔하게 했다. 케이는 때때로 웃어야 하지 않을 때 웃었고

누군가 실수를 할 때도 크게 웃어댔다. 케이의 웃음
이 불편했다. 웃음 뒤엔 박혀 있는 알 수 없는 모호한
감정이 가시처럼 느껴졌다.

남편과 나는 그때 영화를 보고 공원으로 갈 예정이
었다. 케이는 약속도 없이 갑자기 영화관에서 상영시
간을 기다리고 있는 우리들 앞에 불쑥 나타났다. 남
편은 조금 당황한 얼굴이었다. 어딘가로 갈 듯 등에
큰 배낭을 메고 있던 케이는 좀체 자리에서 일어나지
않았다. 그리고 남편이 아무런 이야기를 해주지 않은
것과 자신이 우리 두 사람이 만나는 자리에 빠진 것
을 섭섭하게 여기고 있었다. 영화보기를 취소하고 함
께 술집으로 갔다.

화가인 친구가 있다는 얘기는 가끔 남편에게서 들
어 알고 있었다. 남편은 그를 뭐라고 불렀던가? '고등
학교 때부터 함께 형제처럼 지내온 친구야. 뭐든지 잘
만드는 금손이야. 설치예술을 하려 했지만 지금은 초
상화를 더 많이 그려. 케이는 아주 똑똑한 친구야. 운
이 좀 안 따르지만'이라고 했다.

그날 술집에서 케이는 나의 붉은 원피스에 뭐가 묻
어 있는 듯 내 몸을 끈덕지게 훑어보았다.

"들었던 것보다 얼굴이 좀 달라 보이네. 턱하고 입

매가 좀 비뚤어져 있지 않아?"

　화장실을 다녀오던 나는 멀리서 남편에게 얘기하는 케이의 소리를 들었다. 한바탕 요란한 웃음소리와 그들의 이야기들을. 가까운 거리가 아니고, 또 조용한 실내도 아니었지만 케이의 말들이 내 귀에 뚜렷하게 들렸다. 그런 소리를 듣고도 남편은 그저 웃고만 있었다. 그들은 둘 다 다른 듯 닮아 있어서 케이가 말한 소리가 어쩌면 남편의 입에서 나온 듯 여겨졌다. 케이는 남편의 얼굴을 쓰다듬으며 얼굴에 묻은 닭고기 조각을 떼어내고 있었다. 그때 남편은 케이와 함께 있을 때 어쩐지 더 잘 웃는 듯 여겨졌다. 부드럽고 달콤한 케이크를 먹는 듯 케이의 말이라면 뭐든 멋지다고 하던 남편이었다. 왜 나를 만나 결혼을 하려 했을까. 나는 화장실 안 거울 앞으로 갔다. 케이는 내게서 무얼 찾아냈을까? 그리고 침술사의 집 안에서 맡았던 뜸쑥의 연기 냄새가 그 공간에 훅 끼쳐왔다. 비뚤어진 입매. 오래전 중학교 시절부터 스물의 초반까지 내 귓등을 스치며 나를 작아지게 만든 수군거림이었다. 비뚤어진 입매에 잘 다물어지지 않던 입술. 그것이 거울 속의 내 얼굴이었으니까. 오랫동안 침을 맞고 치료를 해왔던 일들이 아직도 내 기억 속에 둥둥 떠도는 기분이었다. 그때 나는 혼자였고 이런 얼굴로 그 누구도 만날 수 없다고 숨어 지내던 아이였으니까.

  그리고 그들이 나타났다. 실종자를 찾아준다는 사람들이었다. 정확히 언제 나타났는지 이제야 생각해보면 그날이 떠오르지 않았다. 그리고 왜 그들이 나타났는지조차 알 수 없었다. 남편이 사라진 것에 대해 누구에게 이야기를 했던가? 나는 가까이 지내는 친척도 오랜 친분을 쌓은 친구도 없었다. 내게는 남편만이 친구이자 친척이며 지인이었다. 재혼한 어머니가 지병으로 세상을 떠난 후 나는 새아버지와도 차츰 인연을 끊게 되었다. 그러므로 내가 누구에게 그 이야기를 했고, 누가 그들이 올 거라고 말을 해주었는지도 알 수 없었다.
  문을 여니 회색의 긴 외투를 마치 긴 드레스처럼 펄럭거리듯 입은 두 명의 남자가 서 있었다. 그들은 동그랗고 반짝이는 신분증을 휙 보여주었다. 나는 그들이 소문에 들리는 사이비종교단체라고 생각하고 말을 조심하리라 여겼다. 그들은 한 권의 자료를 내놓았다. 그것은 검은 펜으로 직접 쓰인 다른 이들의 기록물, 그러니까 이야기들이 쓰인 노트였다. 벽으로 사라진 사람들을 보았다는 이들의 기록이었다.

"남편이 그날 늦은 점심을 먹은 후 집의 서쪽 벽으로 걸어 들어갔어요. 저녁 햇살이 비칠 때쯤 그곳이 제일 환하거든요. 문이라도 있는 듯 슥 비껴 사라진 것, 이건 있을 수 없는 일이잖아요. 이것을 누가 믿어줄까요?"

나는 차 한 잔을 내밀었다.

"그럴까요? 있을 수 없는 일이라고 누가 단정하지요?"

회색의 옷을 입어서인지 그들은 승려 같기도 했고 어떻게 보면 어느 회사의 영업직원 같기도 했다.

"이상하게 들릴지 모르지만 빗속에서 우산을 쓰고 가게를 간다고 나갔다가 사라진 여동생을 찾아달라고 온 이도 있답니다. 저녁 산책을 나갔다가 강아지를 그대로 두고 벤치에서 사라진 아버지를 찾아달라고 오기도 합니다. 벽 속으로 사라지는 일이 일어나지 말라는 법은 없으니까요."

그들이 나에게 힘이 되어줄 거라고 믿어보기로 했지만 그들을 만난 이후가 내게는 더욱 믿을 수 없는 일이 되고 말았다.

"남편에 대해 이야기를 적어두세요. 다음에 다시 만나 상담을 할 때까지. 영원히 기억할 것 같아도 금세 잊어버리는 게 우리들 하루하루예요. 모든 것을 적어두지 않는다면 나중에 어디서 남편이 사라졌는지도 모르게 될 겁니다."

그들은 남편의 친구들에 대해, 남편이 해오던 일이나 좋아하는 장소, 남편의 가족들과 남편의 꿈들에 대해서도 기록을 하라고 했다. 나는 그들이 마치 교육청에서 나온 듯 여겨졌다. 그들은 남편이 사라지기 전까지 그에게서 일어난 특이한 점들에 대해 물었다. 내가 글을 쓸 수만 있다면 그래서 그를 찾을 수 있다면 뭐든 다하리라 생각했다. 쓰지 않을 이유는 없었으니까.

그들은 내가 내준 차를 마시지 않고 서늘한 한기를 뿌리며 집 안을 둘러보고 걸어 다녔다. 늦은 봄 오후의 방문이었기에 그들이 돌아가고 나서도 나는 실재로 그들의 방문이 거짓말 같았다. 그날은 하루의 시작과 끝이 뿌연 모래폭풍 속에 들어 있는 듯 황사가 짙은 날이었다. 회색의 먼지와 모래로 자욱한 날이었다. 나는 남편의 친구인 케이에게 전화를 해서 남편이 사라진 이야기를 했다는 것을 떠올렸다. 하지만 케이는 나의 말을 믿지 않았다. 잠을 잘 자지 않으면 그런 환각을 볼 수 있다고 그랬다. 그들이 다녀간 뒤 케이에게 전화를 해보았지만 연결이 되지 않았다.

그들이 내게 준 명함에는 '벽 속으로 사라진 사람들을 찾는 모임'이라고 적혀 있었다. 가족에게 어떤 이야기를 남기지도 않고 잠시 산책을 가듯 떠난 사람들을 찾아준다는 글도 쓰여 있었다.

"제가 본 것이 사실이 아닐 수도 있을까요? 벽으로 사라진 것이 나의 꿈은 아닐까요?"

그들은 그것이 죄책감을 덜어내고 싶어 하는 모든 남은 가족들의 반응이라고 말했다. 나의 몽롱한 꿈이 그를 벽 속으로 끌고 들어간 것이라는 이 기분을. 남편은 정말 케이의 말대로 나와의 결혼을 벽으로 느낄 만큼 지루하게 여긴 것이었을까. 그들은 나의 얼굴을 쏘아보았다.

내게도 아버지가 곁에 있었음을 떠올리게 하는 일은 아버지와 함께 산에 간 기억이었다. 늦은 가을의 등산이었다. 새로 이사를 온 동네는 이제 막 아파트가 지어지기 시작한 개발지였다. 그래서인지 밤이면 어김없이 동네의 집들도 가게들도 일찍 불이 꺼졌다.

막차조차 허둥지둥 도로에서 불빛을 감추는 변두리였다. 그곳의 산 이름은 잊었지만 가을날 이른 새벽 아직 해가 뜨기 전의 여명이 가끔 떠오른다. 산으로 가기 위해 아버지는 배낭에 물과 과자와 전등과 수건 등을 미리 준비해두었고 나를 깨웠다. 왜 꼭 내가 함께 가야 했는지는 모르지만 일요일 새벽, 집을 출발해서 아버지와 나는 꽤 긴 산길을 걸었다. 열 살 된 딸의 손을 잡고 새로 만들어진 신도시 외곽으로 난 산으로 이어지는 도로를 걷는 아버지의 모습은 표정이 없었다. 한참 걸어가면서 발아래 어둠에 잠긴 휑한 아파트 몇 개 동과 낮은 집들을 뒤돌아보았다. 아버지는 손을 들어 한 곳을 가리켰다. 저기다. 불빛이 보이는 그곳이 어딘지 모르겠다. 잠들어 있는 우리 집을 가리켰을 텐데 나는 알 수 없었다. 아버지는 그 먼 공간에 잠들어 있을 어머니를 떠올렸을 것이다. "네 엄마는 산을 싫어하지." 아버지에게 어떻게 우리 집을 찾을 수 있냐고 물으니 미리 불을 켜두고 와서 알 수 있다고 그랬다. 아버지만 아는 불빛이었다.

낙엽들을 밟는 소리만 귀에 가득했다. 아버지는 때로는 산막에 버섯을 채취하는 이들과 함께 며칠을 지내다 오기도 했다. 별빛이 옅어지고 하늘이 밝아지면

산을 관통하는 도로가 보였다. 그 아래 터널을 지나면 마을은 사라지고 산으로 이어지는 숲길이 시작되었다. 긴 터널을 지나면서 나는 눈을 꼭 감았다가 다시 떠 아버지를 보곤 했다. 아버지가 긴 터널 속 어둠의 겹겹 다른 곳으로 사라질 것 같아서였다.

'너무 애쓰지 말아라. 나중에 네 눈에 보이게 될 거니까.' 아버지의 그 소리는 집을 찾으러 자꾸 뒤돌아보는 나를 향한 소리였을까. 눈을 감고 터널 속의 걸음소리를 듣고, 옆에 서 있는 한 존재를 느끼고. 그렇게 아버지는 내 의식 속에 들어왔다. 그러다 잠깐 눈을 뜨고 보니 아버지가 사라지고 없었다. 그건 나의 착각인지도 모른다. 그리고 그날의 산행에서 어떻게 아버지와 산을 걷다가 돌아왔는지 기억나지 않았다. 내가 길을 잃었는지, 아버지와 길이 엇갈렸는지, 보이지 않는 아버지를 찾아 나는 울고 있었으니까.

열다섯 살 때 엄마가 나를 데리고 개가를 했을 때에도 나는 아버지가 그 산으로 가는 터널 속 어딘가에서 다른 길로 빠져나가서 돌아오지 못한다고 생각했다. 어느 날 집으로 황급히 온 친척이 겨울 산에서 눈 사고로 아버지가 돌아가셨다고 알려주었지만 나는 믿지 않았다. 함께 사는 동안 아버지를 이해하지

못한 어머니는 아버지의 죽음 이후 등산학교를 운영
하던 아버지의 동료와 친구들 모두와 절연을 했다.
아버지에게 살갑게 대하지 못했던 어머니는 나에게
도 조금 엄격하고 냉정해졌다.

　케이의 말에 대해 남편이 뭐라고 했는지 허둥대느
라 듣지 못했다. 케이의 목소리만 들었다. 턱과 입
매가 비뚤어졌다는 말. 케이는 어떻게 그 말을 하게
되었을까? 다시 화장실로 들어가 거울을 똑바로 보
았다. 나의 입술과 턱은 비뚤어진 흔적도 없이 제대
로 다물어져 있었다. 나의 눈이 잘못된 것인가? 붉
은 옷을 입은 채 일그러진 나의 모습은 기묘하게 불
빛이 비치는 빈 공간 속에 갇혀 있는 듯했다. 수런대
는 술집 안의 소음 속에서 케이의 말소리만 또렷하
게 들렸다는 게 어쩐지 오싹하게 여겨졌다. 케이는
마치 나의 기억 속을 더듬어내는 사람 같았다.
　친구의 소개로 만난 남편은 무심하고 무덤덤한
사람이었다. 그러기에 나의 외모나 입매에 대해 어
떤 의심의 표현도 하지 않았다. 남편을 계속 만날
수 있었던 것도 오히려 그런 무신경함 때문이었다.
하지만 케이를 만난 이후 나는 다시 그곳 벌어진 상

처를 보게 되었다.

　케이의 목소리 속에서 그 기억이 떠올랐다. 이후로도 몇 번이나 나는 남편에게 말하지 않은 나의 비밀스러운 부분을 케이가 알고 있다는 느낌이 들었다. 아니 내가 느끼는 그 쓰고 비릿한 감각을 케이가 내 속에서 읽어내는 것 같았다고 할까? 그런 케이의 말투와 성격을 알고도 남편은 케이의 말이나 행동에 신경을 쓰지 않았다. 케이가 그럴수록 남편은 더 침착해졌다. 마치 케이의 비난과 반대가 있어야만 남편에게는 나에 대한 긍정이 생기는 듯 느껴졌다.

　남편은 케이와 함께 어린 시절과 고등학교 시절을 보냈고 함께 살기도 했었다. 쌍둥이거나 의좋은 형제간에만 있을 수 있는 일들이 케이와 남편 사이에 존재하고 있었다. 지난날 서로에게 어떤 일들이 일어났는지 자신의 기억보다 더 또렷한 기억들을 공유하고 있기에 자신들에게 일어난 일들과 상대방에게 일어난 일들을 혼동하기도 했다. 남편과 케이는 결혼한 사이 이상의 관계였을 것이다.

나는 그들에게 두 가지 이야기가 적힌 자료를 보여

주었다. 그들에게 이 이야기가 얼마나 의미 있을지 알 수 없었다. 그리고 나는 그 사무실을 걸어 나왔다. 밖은 여전히 회색빛의 눈구름이 가득했고 훌쩍 시간이 흘러버린 듯 저녁나절이 다 되었다. 나는 멀리서 달려오는 택시를 향해 손을 흔들었다. 불이 켜진 사무실 옆 세탁소에서 또다시 뭉텅뭉텅 하얀 김이 빠져나오고 있었다.

벽 속으로 사라진 사람들의 이야기는 어떻게 시작된 것일까. 어릴 적 산의 터널로 들어서던 그 새벽에 아버지가 사라질 것만 같았던 그 느낌. 어쩐지 끈으로 연결되어 있는 것이 부실한 그 느낌. 남편에게는 어떤 문제가 있었던 것인가. 더 이상 그들을 의심하지 않는다면 그들에게 이 자료는 중요한 단서가 될지도 모른다. 다음에 다시 연락이 닿을 때까지 또다시 남편에 대한 이야기를 기록해 오라고 했다. 그들은 잘 모른다. 남편의 이야기보다 나의 이야기가 더 중요할 수 있다는 것을.

새아버지의 집으로 가는 날, 나는 혼자 버스를 타고 2층 양옥집으로 갔다. 그곳은 넓고 깨끗했고 나의 방도 마련되어 있었다. 침대와 작은 책상과 밤이면 불을 켤 수 있는 전등. 낯선 곳의 서늘함이 가득했다. 엄마가 나를 버릴까 봐 악착같이 달라붙는 아이처럼 나는 새 집의 낯선 공기에 익숙해지려고 했다. 새아버지는 병약하고 경제적으로 힘든 나의 어머니와 나를 구해주었다. 언제 엄마가 새아버지를 만나게 되었는지는 알지 못한다. 힘든 삶에도 외모가 고왔던 어머니를 새아버지가 좋아했는지 그 내막은 알지 못한다.

재혼 후 엄마는 조금씩 자신의 몸을 꾸몄다. 다른 사람으로 바뀐 듯 부엌살림과 집 꾸미기에 신경을 쓰고, 깔끔하게 외모를 가꾸었다. 엄마는 시간이 날 때면 창가 의자에 앉아 수틀을 내려다보며 프랑스 자수를 놓았다. 바늘을 움직여가는 엄마의 가느다란 손목은 먹이를 쪼아 먹는 어떤 새를 연상시켰다. 날지 않는 새. 조용하고 안정된 삶 속에 한 줄기 부는 바람이라도 넣으려는 듯 팽팽한 수틀의 천 조각에 바늘을 찔러 넣기만 했다.

기억하건대 그 집에는 의자가 많았다. 그건 새아버지의 취향이거나 직업일 수도 있었다. 크고 긴 탁자와 곳곳에 놓인 소파들. 새아버지는 아마 고급 가구를 제작하고 파는 사람이었는지 모른다. 학교에서 돌아오면 어머니는 창가 자리에 앉아 수를 놓고 있었고 장미꽃과 화원이 어우러진 테이블보를 하나씩 만들어나갔다. 엄마에게 필요한 것은 수를 놓으며 편히 쉴 수 있는 시간과 색색의 비단 실과 창가의 초록빛 의자 하나였다.

두세 살 많았던 의붓오빠는 아버지가 없을 때나 엄마가 자수를 놓는 사람들과 모이느라 외출을 할 때마다 안방에서 자주 돈을 꺼내 오곤 했다. 나와 마주칠 때면 사납게 눈을 부라렸다.

"비꼬아 보지 말란 말이야. 재수 없게. 언제까지 이 집에 눌러앉아 있을 거야?"

분명 크지 않은 속삭임이지만 그렇게 노려보며 말했다. 어느 날 거울 속에서 정말 내 입이 비틀어져 떨리고 있는 것을 보았다. 오빠는 한 번씩 나의 입매를 보면 사납게 욕하기도 했다. 아버지의 이해할 수 없는 죽음과 터널에서 본 아버지의 사라짐 이후 나의 얼굴은 조금씩 뒤틀리고 있었다. 엄마는 갈수록 귀가 어두워지는 것 같았다. 나를 보고도 때로는 모르는 척하는 것이 견딜 수 없었다. 나는 엄마의 인생에서 지워져야 할 밑그림인지 모른다.

대학을 입학하고 기숙사로 짐을 옮기고 난 이후 그 집을 나왔다. 그런 뒤 대학교 3학년 때 심장병으로 입원을 반복하던 어머니가 돌아가셨다. 장례식 이후 새아버지와의 관계도 끊어졌다. 마치 어머니가 그랬던 것처럼. 새아버지는 얼마간의 돈을 나의 몫으로 넣어주었다. 집을 나올 때 어머니가 앉아 있던 그 의자를 갖고 나왔다. 그 집에 있던 작은 초록 의자만이 나의 유일한 소유물이 되었다.

　술에 취한 케이가 연애 중인 우리들에게 달려와서 결혼을 하지 말라고 훈계를 늘어놓는 만큼 남편은 나와의 결혼을 서둘렀다. 왜 그랬을까. 남편은 케이에게서 벗어나고 싶었던 것일까. 대학을 마치고 시작한 작은 선물가게 운영으로 자리를 잡고 난 후 나는 조금씩 돈을 모았다. 다행히도 돈을 모으고 사업을 하는 데는 재능이 있었다. 나는 아무런 뛰어난 점이 없는 남편이 오히려 편해서 좋았다. 케이가 우리의 사이를 떼어놓으려고 한 만큼 우리는 가까워졌다. 많은 시간이 지난 후에 생각하니 어쩌면 남편과 내가 결혼을 하게 된 것도 케이의 반대가 있었기 때문인 듯했다. 처음으로 남편이 케이에게서 벗어나려 한 일이 나와의 결혼이었으니까.
　케이가 시골로 거처를 옮기고 난 후 남편은 샴쌍

둥이 같은 케이와의 관계를 정리하는 듯했다. 남편은 일 년 반쯤 전에 회사를 그만두었다. 장난감 회사의 디자인 부서에서 일하던 남편은 회사가 부도나면서 퇴직을 하게 되었다. 케이는 다시 우리 집과 가까운 곳에 작업실을 차리고 이런저런 일로 남편과 만났다.

케이는 절에서 쓰던 오래된 찻잔을 구해 와 주기도 하고, 자신이 쓰던 낡은 전동 안마 소파를 우리 집 베란다에 가져다 놓고 사용하기를 권하기도 했다. 또한 케이는 남편이 쓰던 오디오나 싫증 난 물건들을 가지고 가기도 했다. 언젠가는 자신이 읽다가 감동한 소설들을 밑줄을 그어놓고 읽어보길 종용했다.

그랬다. 남편은 아무리 무심한 성격이라 해도, 고양이 문양의 장식 벽지는 가지고 오지 말았어야 했다. 아무리 케이가 멋지다고 권했더라도 말이다. 부엌에서 국을 끓이다가도 서쪽 벽면의 이 검은 보랏빛 벽지 속 고양이를 보면 어쩐지 커다란 고양이 한 마리를 벽 속에 가두어 두고 있는 기분이 들어 섬뜩했었다. 이 벽지를 보고 있을 나를 상상하는 케이에게 생각이 미치자 화가 치솟았다.

언젠가 집에는 남편과 나의 물건보다 케이의 물건들이 더 많았다. 케이가 쓰던 자전거. 그가 입었던 반

바지. 쓰다가 준 선풍기까지. 남편의 물건들조차 케이와 돌려쓴 것이 많아 남편은 자신의 물건이 보이지 않으면 케이에게 전화를 하곤 했었다.

케이가 입었다가 가져온 셔츠를 입고, 케이가 준 낡은 모자를 쓰고 벽지를 칠하는 남편을 보면서 나는 남편의 뒷모습이 케이와 너무 닮아 있다는 생각을 했다. 케이가 우리 집에 혹시 찾아온 것일까? 케이와 하나였던 남편을 내가 반쪽으로 잘라내서 살고 있는 게 아닐까? 하는 느낌이었다. 나는 결혼 후 남편에게 생겨나는 실망감을 케이에게로 돌리고 있는 것인지 모른다. 나는 점차 남편에게 화가 나는지 아니면 케이에게 화가 나는지 말하기가 모호해졌다.

남편이 사라진 것은 그 고양이 무늬 벽지를 바르고 난 한 달 후였다. 남편과 나의 생활을 흔들어대는 카드 결제일이 지난 후였다. 남편이 나에게 '이제 더 이상 카드 빚은 없지?' 하고 물었던 밤 이후였다.

우리는 얼마간의 빚을 지고 있었고 남편은 일 년 반 동안 실직상태였다. 실업급여를 받았지만 소용이 없었다. 남편은 케이에게 돈을 받아 왔다고 했다. 오래전 빌려준 돈이었다고 했다. 남편은 그날 그의 작업실에 들렀다가 케이가 곧 새로운 일을 시작하게

된 것을 알았다. 케이가 재능에 비해 늘 운이 없었다
고 말하던 남편은 이번에 케이에게 기회가 왔다고
말했다.

"그가 뭘 시작했는데?"

"만다라 그림이래. 사람들에게 제 마음을 그릴 수
있도록 해준다는 거라는군."

케이가 주술 치료사가 되어 나를 치료하는 상상을
했다. 케이가 나의 얼굴 어디쯤 비틀린 입매를 고친다
고 침을 꽂고 있을 것 같았다. '케이는 이제 마술까지
부리겠어.' 나는 중얼거렸다.

나는 안방의 침대에 누워서 방 안의 오래된 가구처
럼 꼼짝 않고 있을 케이를 떠올렸다. 점차 커져가는
케이의 몸이 침대를 거의 다 차지하고 늘어난 자루처
럼 집 안을 다 쓸어버리는 것만 같았다.

"그러면 당신은 도대체 뭐야? 당신에게는 케이만
있고, 우리 사이에 당신은 도대체 어디에 가 있어?"

남편에게 소리를 질렀다. 남편은 무슨 일이 벌어지
면 늘 케이에게 기댈 생각을 하고 있었는지 모른다.
남편은 내가 알던 모습과 조금씩 달라져 가고 있었
다. 생각뿐 아니라 몸도 무뎌져 갔다. 허름한 아파트

의 그 5층 꼭대기에서 밤이면 남편과 잠자리에 들다가 나는 몸을 뒤척이며 일어나 취한 듯 자고 있는 남편을 뚫어지게 보았다. 그즈음 남편은 아무 곳에도 나가지 않았다. 아무런 일도 찾지 않았다. 남편의 무심함은 더 큰 절망이 되었다. 남편은 어디로 사라졌을까? 남편이 밖을 나간 흔적은 발견되지 않았다. 남편이 저 벽 속으로 사라졌다는 것을 누가 믿을 수 있을까?

그때를 얘기하라면 정말 내가 본 것일 맞을까 꿈을 꾼 건 아닐까 싶다. 마치 케이의 목소리가 아주 먼 곳에서 나의 귀로 와 꽂히듯 들렸던 첫 대면의 그날처럼. 내게 아무리 그때의 일을 정확히 말해보라고 해도 모든 게 혼란스럽다. 그날 나는 벽 속에서 나오는 어떤 소리를 들었다. 벽지와 벽이 분리되고 자잘한 자갈들이 조금 벌어지고 그리고 남편의 그림자가 쑥 그 속으로 들어가 버렸다. 남편은 세상의 모든 것에서 멀어지고 싶은 것일지도 모른다. 그러나 벽지는 찢어지지도 않았고 가까이 가서 벽에 손을 대고 문질러 보았지만 그곳엔 아무런 균열도 작은 틈도 느껴지지 않았다. 그러니 나의 환각

일 뿐.

　나는 잠시 글을 쓰다가 자리에서 일어났다. 좀 전에 벨을 누르는 소리가 들렸다. 혼자인 나를 찾아올 사람이 누구일까. 냉장고 문을 열고 물을 꺼내다가 한참 밖의 소리에 귀를 기울였다. 어둠 속에서 냉장고 불빛이 새어나왔다. 환각이며 꿈이었을 거라고 그들이 준 기록지에 다시 글을 써나가며 남편을 찾는 노력을 해나가야 한다는 것을 생각한다. 다시 벨을 누르는 소리가 들려왔다. 옆집 부인일지 모른다. 가끔 생강을 한 움큼 가져다주는 지금 내게 유일한 사람. 남편은 정말 나를 버리고 가버린 것이 맞을지 모른다. 유리창에 비치는 나의 모습이 정작 남편에게서 사라진 바로 그 실종자가 아닐까 싶었다.

　누구세요? 문 앞에서 귀를 기울이며 물었다. 누군가의 숨소리가 들리는 것 같았다. 옆집 부인은 모임이 많은지 가끔 늦은 밤에 돌아올 때가 있었다. 그러면서 문 앞에 생강이나 감자를 두고 가기도 했다.

　그때도 나는 같은 지점에서 한없이 빙빙 돌고 있었다. 늦가을 산 아래 뚫려 있던 터널을 벗어나 산길을 걷다가 아버지를 잠깐 잃어버렸을 때 나는 한없이 같은 자리를 빙빙 돌다가 돌아올 아버지를 기다렸었다. 누구 없어요. 그러면서 울다가, 울다가 어딘가 불을 켜둔 집을 찾을 거라는 마음으로 걷다가 아버지를 다시 만난 기억.

"누구세요, 누구세요." 다시 귀를 기울이며 물었다. 아직 아무런 숨소리도 들리지 않았다. 나는 바람이 많은 이월생처럼 두꺼운 벽 틈으로 손을 내밀어 어딘가를 붙잡고 싶었다. 누군가 돌아왔으면 싶은 겨울밤이었다.

봄밤을 거슬러

담 너머로 대여섯 그루의 어린나무를 심으려는 듯 보였다. 누가 땅을 파고 있는지는 알 수 없었지만 담 너머 쿵쿵거리며 땅을 파는 소리가 들렸다. 묘목치고는 꽤 키 큰 나무였고 어쩐지 유실수일 거라 여겨졌다. 도대체 엎드린 채 땅을 파고 있는 저 사람은 누구일까. 지금은 겨울철이고 봄이 되어 날이 풀리기라도 해야지. 하필 이 계절에 저렇게 땅을 파고 있다니 헛고생을 하고 있다고 여겨졌다.

보풀이 인 카디건 팔 기장이 길었다. 오래전 딸이 사준 그 옷을 입고 시인은 두어 번 팔을 걷어 올렸다. 딸이 늘 자신을 한 치수 더 큰 사람으로 여기고 있다고 시인은 중얼거렸다. 외투도 그랬고 구두도 큰 편이었다. 고양이 사료 캔을 뜯어서 그릇에 담으며 잠시 멍하니 있다가 도대체 나무를 심는 건지 담을 무너뜨리려는 건지 갈수록 커지는 곡괭이질 소리에 시인은 두려워졌고 자주 마당을 내다보며 서성거렸다.

현관 거울 앞은 밖에서 들어온 환한 햇살로 겨울 날씨답지 않게 지나치게 반짝거렸다. 겨울 날씨라 더 반짝이는지 아니면 먼지들이 빛을 반사해 더 빛나는 건지 모른다. 늘 현관에서는 현기증이 났다. 손가락에 장갑을 꼭꼭 눌러 끼고 시인은 거울 앞에서 다시 모자를 고쳐 썼다. 곡괭이로 땅을 파든 말든 절대 자신의 담장을 건드리지 말라고 오늘은 말해야 했다.

"옆집에서 자꾸 담을 조금만 트자고 그러잖아요. 그곳에 뭘 심는다고 그러던데. 아니 담이 있는 그 땅을 왜 저희들이 마음대로 하고 싶어 하지. 나무를 심기에 제일 좋은 곳이라니. 그게 말이 돼요?"

시인은 아내가 며칠 전 하던 얘기와 함께 담장을 맞대고 있는 그 집의 주인을 떠올렸다. 저 집 사람들이 갈수록 이상해요. 점잖다고 여겼던 남자였는데 다들 이상한 소리만 해대고.

치매 걸린 노인의 양아들이라 했던가, 어느새 그 집의 아들은 밖으로 떠돌다가 이곳에 돌아와서 제 아버지를 구워삶아 버렸다고 그랬다.

"구워삶다니 뭘 어떻게?"

아내는 화장을 하느라 제대로 돌아보지도 않고, 자식들이 노인을 구워삶아 버렸다고 중얼거렸다.

"사람이 징그럽기도 하지. 그래도 제 아비인데 치매라고 감금하고서는. 외출도 못 하게 하고, 만나던 오래된 친구들과도 연락을 끊어버리게 하고."

저 집, 주인인 노인에게 몇 년 전 살짝 치매가 왔을 때부터 그랬다고 했다. 저 마당 넓은 집을 제 명의로 돌리고 다른 친척들과 척이 지고 노인을 제대로 보살피지도 않는다고 아내는 가끔 말하곤 했다.

담장 너머로 오래전에 비파나무가 있었다. 시인은 그 노란 비파 열매를 기억했다. 가끔 노란 열매는 시인의 집으로 떨어져 썩어가기도 했다. 담장 너머의 그 집을 잘 알지는 못했다. 그저 비파나무가 가린 창과 넓은 정원이 보일 뿐이었다. 시인은 그 노인이 자신보다 열두어 살은 많다는 것을 알고 있었다. 지금 그 노인은 보이지 않고, 비파나무도 말라 죽어 한동안 그곳에, 기괴하게 비틀어진 형틀에 박힌 주검처럼 서 있었다. 노인도 저 나무처럼 어딘가에서 말라가고 있는 것 같았다. 그저 그렇게 생각했을 뿐이다. 지난날 함께 술 한잔, 차 한잔 마신 적도 없는 사이였지만.

시인은 짧고도 희한한 꿈을 떠올렸다. 거울 속의 자신을 바라보며 얼마 전 꾼 꿈을 떠올렸다. 젊어진 듯 여겨지던 꿈속 자신의 모습을 거울 속에서 찾으려 눈을 부릅뜨고 바라보았다. 꿈에서 먹은 그 자두 맛이 아직도 느껴지다니. 시인은 물이끼처럼 투미한 자신의 눈동자를 거울 속에서 바라보았다. 몸이라도 아플 징조인지 점쳐보고 싶었다. 꿈에서 먹은 것은 다 병이 되어 돌아온다지. 그 말은 어쩐지 젊어서 먹은 게 늙어서 다 병이 되어버린다는 말처럼 느껴졌다. 예전에 아내가 한 말인지 아니 어릴 적 어머니에게 듣기라도 했는지 알 수 없었다. 눈가의 주름은 유전인 듯 중년 이후 유난히 굵게 자리 잡았다. 이젠 기억도 잘 나지 않는 선친의 얼굴에 있던 눈가 주름처럼 이것도 어떤 흔적이었다. 구불구불한 주름은 콧등과 뺨과 얼굴 전체로 길을 내듯 이어졌다. 얼마 전 아내가 소리쳤다.

"오늘 당신 얼굴이 어찌 그리 돌아가신 당신 어머니 얼굴 그대로인지. 내 가슴이 다 서늘하지 뭐예요. 내가 헛것을 봤나 했어요."

식탁에 앉아 있다가 그 바람에 젓가락을 놓쳤고 먹으려던 조린 감자가 시인의 바지 위로 떨어졌다.

꿈속에서 먹은 여름날의 자두. 그 맛은 지금도 혀 끝에서 맴돌았다. 시인은 자두를 무척 좋아했다. 그리고 지금도 여전히 자두를 좋아하지만 그 식탐이 우스웠다. 지금은 겨울이고 초여름이 되려면 아직도 멀었다. 철부지처럼 손에 쥘 수 없는 것을 투정을 하다니. 그것도 이제 겨우 먹는 일에만 그것이 남았구나 싶었다. 시인은 언제부턴가 익숙해진 거울 속의 늙고도 화난 얼굴을 향해 담장 옆 이웃 노인에게 인사라도 하듯 모자를 다시 벗었다가 썼다. 그리고 성글어진 머리카락을 두어 번 쓸어 넘겼을 뿐이다.

모자에는 LA다저스라고 적혀 있다. 오래전 아들이 좋아하던 야구선수를 기념하는 야구모자는 아들의 결혼과 함께 이곳에 남겨졌다. 하지만 노인은 언제나 낡은 그 모자만을 썼다.

"그런 다 낡은 야구모자가 뭐예요. 늙어갈수록 제대로 갖춰 입어야지."

아내는 시인이 이 모자를 쓸 때마다 한마디씩 했다.

오늘 아내는 충전을 끝낸 휴대폰을 가방에 넣으며 이른 아침 문을 나섰다. 대문을 나설 때마다 아내는 선명한 노랑이다. 아내는 늙어가면서 다행히 에너지가 넘치는 것 같다. 아내의 기분은 지금 막 충전을 마친 휴대폰처럼 수신 안테나 눈금을 가득 세웠다. 아내가 명랑해지는 것은 오직 외출할 때였다.

"자꾸 담장을 트자고 하는 것은 분명 어떤 이유가 있을 거예요. 우리를 우습게 여기는 거야. 사람 나이가 칠십이 넘으면 다들 멍청이인 줄 알고 있다니."

아내는 지금 노래교실에 나가서 젊은 것도 늙은 것도 아닌 노래 선생의 기타 반주에 맞춰 노래를 부르고 있을 테지. 아내는 몇 년 전 어느 방송국 문화 프로그램에서 여는 노래교실에 나갔다가 설레는 칭찬을 받았었다. 아주 좋은 가수가 될 수 있는 목소리를 가졌다고. 그 얼굴이 반질반질한 노래 선생은 아내의 노래를 듣고 안타까움을 표했다고 그랬다. 십 년, 아니 딱 오 년만 젊었어도 누님은 실버 가수로 나갈 수 있었을 텐데. 뭐 하시다가 이제 오셨어요, 라고. 그 아쉬움을 잠재우고자 아내는 이 주에 한 번씩 오전에 커다란 자수정 반지를 끼고 노래교실로 나섰다.

"세상에 살다 보니 아쉬운 게 어디 이거 하나뿐이겠어요? 모든 게 다 아쉬워."

시인은 아내가 결코 노래 부르기를 멈추지 않을 거

란 걸 안다. 아내가 비록 다른 날은 이웃 여자의 반찬 가게에서 일을 하고 아르바이트를 한다 해도 노래교실이 있는 날에는 옷을 차려입고 즐겁게 그곳을 향한다는 것을. 웃돈을 더 받고 잔치음식을 해주는 일이 있다 해도 그곳에 가 있으리라는 것을. 가수는 노래를 멈추지 않는 법이다.

"당신 혈압약 식탁 위에 뒀어요. 어제 유선이가 그러던데 혈압약에 아스피린을 한 알씩 섞어 먹으면 심장병을 예방할 수 있다고 방송에서 들었다고 그랬어요. 지난번에도 약을 빼먹고 잠자다가 놀란 적 있잖아요. 다음에 병원에 가면 의사 선생한테 꼭 물어봐요."

아내의 말이 빨라졌다. 미끄러운 빙판 위의 차돌이 팽그르르 돌듯이 시인에게 말을 한다. 아내가 저렇게 웃는다는 것을 처음 보는 듯 노인은 아내의 옷차림과 얼굴을 오래 바라보았다.

아내는 젊은 날 큰아이의 대학 등록금을 보태느라 이불가게의 자수 놓는 일감을 떼어와 재봉 수를 놓았다. 혼수이불에 백 마리의 나비를 수놓고 누비 베갯잇에 모란꽃을 수놓았다. 시인의 수입이 빠듯하던 시절이었다. 삼십 년 전의 그 여인은 이제 어디에도 없다. 아내는 벌써 오래전부터 여러 번 탈피를 해온 그 백 마리의 나비 중 하나인 듯했다. 시인은 자신보다 변신을 잘해온 아내가 새삼 고마웠다. 이런 아내 덕에 지금까지 무너지지 않고 살아왔는지 모른다.

"늙으면 약이 친구고 돈이 애인이라더니, 약 없고 돈 없으면 우리가 어찌 살아가겠어요? 유선이가 전화할 거예요. 이번 생일 모임 대신해서 돈을 좀 넣어 놨더군요. 그리고…."

숱이 다 빠진 머리에 모자를 눌러쓰다가 시인은 자신의 입을 보았다. 혀끝으로 꿈속에서 먹어본 자두에 설레다니. 꿈속의 자신은 몇 살이던가. 열둘 아니 열셋? 열아홉에 떠나온 고향집의 마룻바닥이었을 거다. 마루에 앉아 자두를 먹고 있는 자신의 곁에 어머니가 있었다. 마흔 안쪽의 어머니는 지금의 아내보다 젊었다. 자두의 향긋한 살을 먹고 난 뒤 딱딱한 씨를 핥고 또 핥았다. 자두는 달콤하고 부드러웠지만 씨는 너무도 빨리 살을 헤치고 나타났다. 그래서 꿈에서도 무척 아쉬웠다.

시인의 작은 마당에 파 놓은 흙덩이 옆으로 고양이 똥이 있었다. 고양이는 벌써 여러 번 마른나무 아래

똥을 누고 다녔다. 한 달 전 지하창고에서 본 고양이
는 다섯 마리의 새끼를 품고 있었다. 눅눅하고 습한
지하실 창고 어디선가 상대를 겨냥하듯 고개를 쳐들
고 있는 검은 고양이와 새끼고양이 울음소리가 났었
다. 그냥 있어라. 해치지 않으마. 시인은 잠시 중얼거
리며 고양이의 눈길을 받아 넘겼다. 다섯 마리의 새끼
를 키우는 어미 고양이의 조바심을 알고 있었다. 아
내에게 고양이 얘기를 하지 않았다. 아내는 고양이의
존재를 달가워하지 않을 것이다. 만약 깊은 밤 새끼
고양이가 조심성 없이 울어댄다면 아내는 이곳을 훑
어볼 것이다. 그때까지만이라도 고양이 가족을 그대
로 두고 싶었다. 시인은 사료 캔을 그릇에 옮겨 담아
지하실 계단 옆에 두었다.

'그리고 시를 써요. 그래도 시인이잖아요. 보여줄
데 없어도 시를 써야지요.'

시인은 아내가 못내 하지 않은 게 그 말이라는 것
을 안다. 시인은 얄팍한 자신의 천성을 다듬어준 게
오직 시라는 것을 알고 있었다. 늦게 시를 써서 등단
하고도 아직 단 한 권의 시집도 내지 못했다. 동인지
를 통해 시를 발표했기에 친구들 몇몇은 자신이 시
를 쓰는 사람이라는 것을 알고 있었다. 하지만 그것

이 한때 젊은 날 품었던 꿈을 잠깐 떠올렸던 치기에서 쓴 것이라는 것도 알고 있을 것이다. 시를 써서 어떻게 밥벌이 해 먹고 사나. 늙어서 할 일이 없으면 그때 시를 쓰게나. 오래 시를 쓰지 않았다는 것도 알고 있었다. 그러기에 시인은 꿈에서라도 시집을 내고 시를 써야 한다고 생각했다. 어려운 시를 쓰지 않고 그저 읽기 쉬운 시를 쓰고 있지요. 누군가 물어 오면 시인은 늘 그리 말했다.

고양이 사료 캔도 가격에 따라 맛이 다를 것이다. 고양이의 털이나 근육에 좋은 사료는 가격도 비쌌다. 시인은 때때로 시를 쓰다가 아무런 노동 없이 시를 쓰고 있는 자신이 민망해지면 좁은 마당에서 풀을 뽑거나 무너지는 담벼락을 시멘트로 보수하기도 했다. 한 군데 정주하지 못하고 이런저런 일을 해가며 살아온 터라 시인에게 제대로 받는 연금이란 게 있을 턱이 없었다.

시인은 일 년에 한 번 보기도 어려운 제주도의 며느리를 떠올렸다. 열서너 살인 손자를 생각하기도 했다. 며느리는 아내의 장독대를 구경하지 않는다. 손자 또한 할아버지와 긴 얘기를 나누지 않았다. 시인은 자신에게 감잎으로 피리를 만들어 불어주던 할아버지를 기억한다. 그 할아버지는 겨울이면 연도 만들어주었다. 시인은 자신이 장손에게 뭔가를 가르쳐주어야 한다고는 생각하지 않았다. 하지만 자신이 감잎 피리 부는 것을 가르쳐주지 않는다면 손자에게 그 어떤 기억도 남지 않으리라 생각했다. 그건 존재하지 않는 거나 마찬가지였다. 살아 있어도 서로가 존재하지 않는 것, 바로 서로에게 남은 기억이 없는 것이었다.

"아버지 한 일억 정도 대출할 수 없을까요? 일 년이면 뭔가 좀 승산이 있어요. 이렇게 눈에 빤히 보이는데 너무 아까워요."

아들은 지난 추석에 집을 다녀가며 얘기했다. 힘이 든다는 말보다 집을 담보로 해달라는 말이 무서웠다. 집을 담보로 대출을 받으려는 아들은 어쩌면 저렇게도 당당하게 이야기를 할 수 있을까? 시인은 아들이 말하는 경제용어와 돈 벌 수 있는 투자와 사업이라는 것이 무서웠다. 아들은 어떻게 돈을 벌어 사는 것일까? 월급 받는 것이 최고 좋은 것으로 알고 공부를 시켰는데 아들의 생각은 딴 곳에 가 있었다.

"제 친구들 다 그래요. 사업하면 빚 안 질 수 있나

요? 매달 푼돈 같은 월급 받아 여기저기 쓰고 나면 언제 돈 모아요? 제주도로 왔으니 열심히 해봐야지요. 전망은 좋을 거예요."

아들의 얼굴이 붉어졌다. 아들은 어쩌면 생전 처음으로 아버지인 시인에게 부탁했다. 그동안 힘들어도 모든 일은 혼자서 처리하던 아들이었다. 이제 와서 칠십이 넘은 자신에게 도와달라고 하다니. 시인은 아들에게서 굽혀지지 않는 마지막 자존심을 보았다. 자신에게도 그 자존심은 생명이었다.

시인은 딱 한 번 자신의 아들을 심하게 때린 적이 있다는 것을 떠올렸다. 여덟 살이던 어린 아들이 집을 찾아온 먼 친척뻘의 아저씨를 놀렸던 것이다. 더럽고 지저분한 신발, 허름한 옷을 입은 그 낯선 일가붙이는 시인 자신도 잘 알지 못하는 사람이었다. 아마 떠돌이 장사를 하다가 우연히 자신을 알게 되어 찾아온 사람이었을 것이다. 맥주를 나눠 마시며 먼 친척에 대한 예의로 얼마간의 돈을 배웅할 때 넣어주었다. 자전거를 타고 놀다 들어와 낡은 신발을 보았던 아들은 여덟 살다운 돌연함으로 "냄새가 나요. 거지 같아요"라고 했다. 시인은 먼 친척이 가고 난 뒤 아들을 심하게 매질했다. 아들이 크면서부터 자신과 소원해진 것이 그 때문인 듯싶었다.

아내는 아들에게 지나치게 관대했고 많은 기대를 걸었다. 아들은 크면서 똑똑했고 한 번도 학업으로 걱정을 끼치지 않았다. 오히려 나 보란 듯이 자신의 명민한 두뇌를 어디서 빛내야 할지 찾아다니는 것 같았다. 아들은 크면서는 어쩌면 아버지를 따라잡을 욕심이었고 좀 더 커서는 아버지와 비교되는 것 자체를 싫어했을 것이다. 시인은 아들이 자신과 다르다는 생각을 했다. 어쩐지 아들은 저와 너무도 다른 인간이라는 사실이 조금은 안심이 되었다.

시를 써야겠는데 도저히 시가 써지지 않는 날들이었다. 아들을 믿어야 했지만 빚을 지려는 아들이 오래전의 그 아들은 아닐 것이다. 시인은 누가 곡괭이질을 하는지 보려고 담장 옆으로 가까이 갔다. 이곳을 어떻게 바꾸려는 것인지 궁금했다. 비파나무가 말라죽고 난 그 자리에 때 아닌 나무는 왜 심는지, 정말 담을 트고 그 자리에 무슨 일을 벌이려는지. 발돋움으로 올려다보려 했지만 검붉은 흙덩이만 잔뜩 보였다.

담을 트자고 한 것은 그 노인의 양아들이었고 적절한 보상을 하겠다는 이야기를 했었다. 땅을 공유하자는 것이라면 얼마를 받아야 하는가. 그게 적절한지 제값을 받는 것인지 누가 알 것인가? 우리처럼 어수룩한 늙은이가 제 아비를 구워삶아 버린 그런 사람과 함께 할 수 있을까, 라며 아내는 걱정했다. 당하고야 말지 싶었다. 그래서 어떤 일이 있어도 담장은 지켜야 한다고 아내와 뜻을 같이했다.

시인은 두리번거리며 다시 담장을 건너다봤다. 그 노인은 어디로 간 것일까. 동네 어디에나 흔한 노인 요양원인가. 아니면 저 집 어느 빈방일까, 어쩌면 이미 그 노인은 죽었는지도 모른다는 생각이 들었다. 하긴 이웃에게 장례식에 와달라고 전할 처지는 아니었으니까. 그래선지 묘목을 심는다고 이 겨울에 급히 땅을 파는 그 모습이 괴이했다. 어디 죽은 사람의 관이라도 묻을 듯이 저렇게 곡괭이로 땅을 파는 것이 수상했다. 어쩌면 저 흙덩이 속에 묻힐 것은 저 퍼렇게 질린 듯 서 있는 어린나무들이 아닐 듯했다. 그리고 그것들을 심는다 해도 커나가지도 못하고 죽을지도 모른다. 눈가림 같은 일들이었다. 돈을 퍼붓고 힘을 들여도 살아나지 않는 세상의 일들처럼.

점심을 먹으러 갔는지 담 옆에 구덩이를 파던 사람은 보이지 않았다. 파헤쳐진 그 집 안의 면면을 살피니 어쩌면 새롭게 이곳을 다른 곳으로 바꾸려는 듯 보였다. 몇 년 전 치매 노인이 있었던 그 집 안의 뜰은 그사이 많이 바뀌었다. 그 노인은 어느 전문대학 교수로 지냈다가 은퇴했다고 그랬다.

"치매에 걸렸어요. 그런 사람도 결국. 아내가 일찍 죽으면 왜 그리 남자는 오래 건강하게 살기가 힘든지."

아내는 그 이웃집의 작은 연못을 부러워했다. 담을 끼고 살았지만 그 노인의 집은 훨씬 넓었고 나무들은 손질이 잘 되어 있었다. 오래된 동네인 이곳에 시인의 집이 비딱한 터에 좁게 지어졌다면 그곳은 훨씬 넓었다. 서너 마리의 잉어가 뛰어오르던 연못이 지금은 흙에 다 묻혀버렸다. 이른 아침이나 저녁나절, 물에서 첨벙대던 그 잉어를 바라보던 노인의 모습도 떠올랐다. 시인 또한 그 노인의 연못뿐 아니라 그의 처지를 부러워했던 적이 있었다.

요즘은 주택가에 카페를 짓기도 한다고 그랬다. 아들은 지인과 함께 카페와 숙박업을 하기 위해 서울생활을 정리하고 멀리 제주도에 가버렸다. 저희와 함께 그곳으로 내려가시죠. 귤도 따고 일거리는 많아요. 대출을 해달라는 말과 함께 건네는 또 다른 선택지인 그 말이 시인을 흔드는 것만 같았다. 시인은 자신이 가지고 있는 돈을 가늠해보았다. 없다고는 할 수 없는 돈이지만 넉넉하지 않았다. 하지만 결국 저 노인의 연못이 있던 집처럼, 다른 동창이나 친구들이 그런 것처럼, 자식에게 돈이 흘러 들어가지 않았던가?

시인은 혼자 점심을 챙겨 먹었다. 식은 된장국을 데워 혼자 앉아 수저질을 하다 보니 귀찮아졌다. 시인은 밥을 국에 말아 그냥 후루룩 마시듯 씹어 먹는다. 아픈 데 없이 밥맛이 좋다는 것은 얼마나 큰 축복인가? 요즘 들어 입맛이 없어져버렸다. 그럼에도 끼니마다 입속으로 따뜻한 무언가가 들어오기를 기다리고 있다는 것이 놀라웠다. 그럴 때 시인은 몇 년 동안 병석에 누워 조금씩 말라가고 있던 형을 생각했다. 음식의 맛을 포기한 지 오래, 미음만을 흘려 넣으며 요양 병원에서 앓고 있던 형을 떠올렸다. 일 년 전 형의 임종 때 시인은 다소 후련하다는 감정을 가졌음을 두고두고 후회했다.

시인은 가슴이 답답했다. 시를 써야 한다고 다시

중얼거렸다. 무의미를 끝내는 것은 지금 몰두하는 일 밖에 없다는 것을 스스로 느끼고 있었다. 삶의 끝에 기다리고 있는 그것이 무섭기도 했지만 무한히 신비롭기도 했다. 정말 삶의 끝은 어디서 어떻게 다가올 것인가? 식탁 위에는 갖가지 약병들이 반찬 가짓수만큼 있었다. 더운 여름날 잔에 남은 몇 방울의 물이 사라지듯이 그렇게 순순히 마지막을 맞을 수는 없을까? 약봉지를 볼 때면 가끔 시인은 여러 가지 죽음에 대해 생각해보았다. 죽음은 언제부턴가 시인에게 있어 가장 가까운 관심거리가 되었다. 절친한 친구가 이미 이십 년도 전에 암으로 죽었고 형제와 친척도 하나씩 세상을 떠났다. 누구나 하나씩 지병을 가지게 되어 병원을 들락거렸고 거동이 불편해졌다. 받아들이는 연습 없이 이렇게 갑자기 죽음이 요구된단 말인가?

약병 아래 시인의 건강 검진표가 눌러져 있었다. 육 개월 전 건강관리공단에서 검사한 검진표였다. 시인은 대체로 혈당치와 간기능이 양호한 편이었다. 조금 높은 혈압은 혈압약으로 유지할 수 있었다. 시인은 건강홍보대사로 복지관에서 강연한 적이 있었다. 술을 마시지 않고 담배를 끊고 적당한 운동과 채식을 하고 규칙적으로 식사를 하고 있다는 내용의 강연이었다. 물론 편안한 잠도 건강을 유지하는 방법 중 하나라고 시인은 말했다.

그리고 꿈을 가지고 있다는 말을 했다. 감히 시를 쓰고 있다고 말하기 민망해서 아직 이루어지지 않는 꿈을 하나 가지고 있다고 말했다. 강연이 끝나고 시인은 모인 사람들과 함께 다과를 들었다. 손이 다 떨리고 얼굴이 붉어졌었다.

시인은 커피를 한 잔 마셨다. 일찍부터 시인은 커피를 즐겨 마셨다. 커피 잔을 물로 씻어두고 시계를 보았다. 아직 시간은 오후 두 시였다. 텔레비전에서 나오는 노래를 듣다가 꺼버렸다. 시인은 파란 줄무늬 두 줄이 그어진 잔을 보다가 어딘가 기다란 금이 가 있는 것을 알았다. 금은 벌써 오래전에 생긴 것 같은데 왜 이제 알게 되었을까? 꼼꼼히 살피며 부엌에 놓인 찻잔이나 그릇들을 하나씩 올려다 불빛에 비춰 보았다. 오래된 그릇들은 하나같이 조금씩 금이 가기 시작한 것 같았다.

지난번 아내가 중얼거렸다. '이상스럽지. 아침에 일어나 보니 부엌 바닥에 이상한 검은 가루들이 떨어져 있어요. 천장에서 뭔가 떨어져 내렸는지 아니면 창문으로 뭔가 불어닥쳤는지. 집도 오래되니 사람 몸처럼 늙고 삭는 것 같아.'

아내는 한참 걸레로 바닥을 닦아냈다.

오래된 벽시계가 두 번 종을 쳤다. 시인은 자신의 수첩을 뒤져 전화번호가 적힌 페이지를 보았다. 구겨진 흔적이 있었다. 천천히 옮기는 걸음으로 시인은 전화번호를 하나하나 손가락으로 짚으며 읽어보았다. 형의 옛집 전화번호가 형의 글씨체로 남아 있었다. 형이 죽기 전 시인은 자주 먼저 형에게 전화를 걸었다.

"형님, 숨쉬기는 좀 어때요. 숨소리가 영 말이 아니네."

시인은 형님이 누워 있는 방 안 모습을 떠올리다가 손에 잡힐 듯 허우적대며 형의 손을 붙들고 싶어졌다. 늘 누워 있는 베개 옆에는 1.2리터의 물병과 한 주먹씩 먹어야 하는 약이 있었다. 손발처럼 달고 사는 텔레비전 리모컨과 허리를 지탱해주는 보조기구가 눈에 선했다. 그런 형은 전화로 시인을 부르며 네가 불쌍하다며 조금 울먹였다.

"네가 참 힘들었을 거다. 성한이, 돈 빈다고 다들 힘들었지만 너는 더 힘들고 고단했을 거야."

시인은 형이 냉정하고 엄격한 사람이란 것을 알고 있었다. 철두철미한 개인주의자였다. 세상을 버린 아버지를 대신해서 형과 자신은 세상에 일찍 내던져져야 했다. 그런 형이 동생인 시인을 향해 불쌍하다고 울었다.

시인은 그때 형과 함께 이미 죽은 자들에 대해 이야기를 나누었다. 젊어서 죽은 아버지와 느닷없이 농약으로 스스로 목숨을 끊은 오촌 당숙과 중풍으로 앓아누워 죽기 전에 머리를 빗겨달라던 어머니 이야기를. 그리고 어린 나이에 병으로 죽은 누님을 이야기했다. 그때 시인은 형에게 다시 가겠다고 얘기하고 끊었다. 그게 형과 나눈 대화의 끝이었다. 형을 만나러 가는 대신 죽음에 대한 시를 쓰려고 했다. 더 이상 내게도 시간이 많지 않다고 중얼거렸다.

시인이 창밖을 내다보았을 때 고양이는 조용히 풀밭에 앉아 무언가를 뜯어 먹고 있었다. 그러다 새끼를 핥아주며 주변을 돌아보았다. 화분을 방패 삼아 고양이는 어디서 물고 왔는지 생선토막을 앞에 두고 있었다. 누군가가 말리려고 놓아둔 것을 가져온 듯

했다. 수염을 곤두세운 채 입을 쫙 벌려 살점을 흘리지 않도록 주도면밀하게 씹어 먹어댔다. 사료를 먹어도 저 맛에 홀린 것일까. 고양이가 저토록 생선을 잘도 먹어 치우자 노인은 슬며시 고양이에 대한 역겨움이 치솟아 올랐다. 새끼를 달고 고달프게 어미 노릇을 한다고 불쌍하게 여겼던 마음이 달아났다. 살아남는 것은 저토록 간교하고 비리다. 고양이는 먹다 남은 생선조각을 물고 사라졌다. 겨울 햇살이 깔린 마당에 널린 빨래의 그림자만 일렁거렸다.

시인은 형님에게 전화로 물어보려다 만 것을 떠올린다. 시인이 열 살 적이니 형은 열네 살이었다. 여름날 폭우로 물이 불어 강물은 둑을 넘나들고 있었다. 자두가 열렸는지 보러 자두나무 숲을 형과 다녀오는 길에 열 살 소년은 다리를 건너다가 그만 물에 빠져버렸다. 강이라고 하기에 그다지 깊지 않은, 어쩌면 냇물일 수도 있었다. 소년은 자신이 이내 물속으로 가라앉는 것을 느꼈다. 소용돌이치는 물속은 오히려 깊고 고요했다. 강바닥은 눈에 빤히 보이는 것 같은데 발이 디뎌지질 않았다. 들숨을 참았는지 아니면 날숨을 내쉬고 있었는지 온 사지에 두려운 전율이 지나고 소용돌이처럼 가라앉는다고 느꼈을 때였다. 그

때 강바닥 아래로 기어가는 붉은 거북을 보았다. 소
년은 가라앉았다 솟아올라 헤엄을 치면서 무엇인가
자신을 받쳐주는 것을 느꼈다. 소년이 기절한 뒤 깨
어났을 때 형이 가까이 있었다. 시인은 육십 년도 넘
은 그때의 일을 형에게 물어보고 싶었다. 강물 속에
그런 거북이 살 수 있을까? 잘못 보았다면 그때 그것
은 무엇이었을까?

　오후 세 시 반이다. 담장 너머 다시 쿵쿵거리는 곡
괭이 소리가 이어졌다. 아내는 노래연습이 끝나고 회
원들과 점심을 먹고 난 뒤 늦게 오겠다고 말했다. 시
인은 아내가 다니는 절에 새로 모신 해수관음보살에
게 기도를 올리러 갈 것이란 것을 알고 있었다. 아내
가 아들의 사업 운이 좋아지라고 축원을 올리는 동
안 시인은 시를 쓰거나 책을 읽었다. 지루한 그 시간
동안 텔레비전 뉴스와 드라마를 보았다. 뉴스에 대해
단호하게 비판을 하면 아내는 "당신이 한번 세상을
바꿔보는 게 어때요"라며 시인의 입을 다물게 했다.
시인은 그 누구도 세상을 바꿀 수 없고 세상이 쉽게
바뀌지도 않는 것을 알고 있었다. 자신이 살아온 세
상이 조금씩 무너지고 이제는 아들과 딸이 손자가 살

아야 하는 세상이었다.

아들에게 무어라고 말할까, 모르긴 해도 아들에게도 많은 빚이 있을 것이다. 자신에게 말하지 않지만 언젠가 저 근심이 아들의 살을 파먹을 것을 생각하자 시인은 아들이 가진 욕심이 떠올랐다. 고양이가 제 입으로 먼저 생선을 삼키듯이 절대로 집을 담보로 잡힐 수 없다고 말해야겠다. 그래도 아들이 간곡히 시인을 설득하려 하고 혈육의 정을 하소연해 온다면 어떻게 아들의 말을 막을 것인가. 시인은 딸에게 한번 전화를 해봐야겠다고 생각했다. 딸은 제 오빠의 잘잘못을 그런대로 제대로 볼 줄 알 것이다.

시인은 딸에게 전화를 걸었다. 딸은 사위와 함께 식당 일을 하고 있었다. '집에서 놀기도 뭣하고 사람 하나 더 쓰면 인건비 나가는데 어쩌겠어요.' 아이들 학원비를 생각해서라도 함께 일해야 했기에 딸은 웃으며 시원시원하게 말했었다. 하지만 시인은 딸이 그런 식당 일을 하는 것이 아까웠다. 딸은 그림을 그리고 싶어 했는데 차라리 미술학원에 나간다면 좋지 않을까 싶었다. 하지만 딸의 시댁에서 시작한 식당이니 딸이 시간을 빼기는 쉽지 않을 것이다. 여섯 살짜리 제 자식을 둔 딸이 아직도 어린아이로 여겨졌다. 자신이 이끄는 대로 글자를 쓰며 한글을 익힌 어린 딸은 시인에게 참 많은 편지를 보내왔다. 글자를 쓰기 시작하고 그림일기를 쓰기 시작한 아홉 살부터 딸아이는 꼬박꼬박 편지를 부쳐왔다. 시인이 해외 건설현장에 갔을 때 딸아이의 편지는 또렷한 목소리가 되어 들려오는 것 같았다. 아들이나 아내의 편지가 빠지는 날에도 딸의 편지는 전해져 왔다. 그래서인지 딸은 아내보다도 더 깊게 시인의 심중을 헤아리는 것 같았다. 시인은 식당 전화를 쓸까 하다가 딸의 핸드폰으로 연락을 했다. 식당 안의 잡다한 소리가 들려왔다. 오후 네 시 삼십 분이면 한가할 때인데 지금도 바쁜 것일까?

"유선아, 그래 바쁘냐? 수고가 많다."

시인은 뭐라 더 말할까 하다가 바쁘냐는 소리만 했다. 제 오빠에 대한 얘기는 하지 않으리라 싶었다. 바쁜 딸에게 머리 아픈 얘기를 한들 무슨 소용일까. 제 한 몸 동동거리며 식당일 돕고 아이 돌보고 나면 그것만으로도 힘들 텐데 싶었다. 식당에 일하는 한 사람이 아파 나오지 않는 바람에 손이 딸려 바쁘다고 딸은 말했다. 딸은 식당에서 앞치마를 두른 채 음식을 나르고 계산대를 지키고 신발을 정리할 것이다. 몸이 약한 딸이 걱정되었다. 그림을 잘 그리고 편지를 살 쓰던 딸이 너무 거칠어질 것 같아 울적하기도 했다.

"아버지 내일 대보름이잖아요. 여기서 나물 몇 가지 할 거예요. 엄마한테 가져다드릴 테니 따로 하시지 말라고 그러세요."

시인은 너무 씩씩해진 딸이 낯설었다. 시인은 가슴을 조금 문지르며 전화를 끊었다. 어떤 찌릿한 아픔이 왼쪽 가슴을 뚫고 지나가는 것 같았다. 그러다 좋아지겠지. 못 참을 정도는 아니었다. 시인에게는 협심증이 있었다. 십 년 전 응급실에 간 이후 그는 자신의 심장이 언젠가는 가장 먼저 자신을 쓰러뜨릴 거라는 것을 생각했다. 그러나 이 증상은 한 번씩 있는 경련처럼, 그다지 진땀 날 정도는 아니었다. 시인은 딸이 사준 자동 혈압계와 겨자색 카디건을 두고 고맙다고 말해줄 걸 싶었다.

오후가 되자 하늘이 구름으로 뒤덮였다. 시인은 지하창고의 고양이 가족을 보러 내려갔다. 새끼 고양이는 이제 다 젖을 뗐는지 알 수 없었다. 어미 고양이와 새끼들은 한 무더기의 검은 물체가 되어 보일러실 옆에 웅크리고 있었다. 어둠 속에서 빤히 노려보는 고양이의 노란 눈빛만 한 번 번뜩였다. 시인은 지하창고의 문을 살짝 닫아두고 나왔다.

다섯 시가 되자 밤으로 여겨질 만큼 어두워졌다. 시인은 부엌에 불을 켜두고 다시 텔레비전도 켰다. 부엌에서 냄비며 전기밥솥을 무심히 열어보았다. 채 줄지 않는 음식 때문에 아내는 하루 한 번만 국을 끓이고 밥을 했다. 낮에 먹었던 국과 반찬과 따뜻한 밥이 솥에 그대로 남아 있고 냉장고는 익숙하게 웅웅거렸다. 정말 아무런 특별한 일도 일어나지 않는 저녁이었다. 어떤 예약도 손님 초대도 없이 시간이 흘러가는 저녁나절이었다.

책상에 앉아 시를 쓰려던 시인은 안방에 들어가 옷장 문을 열어보았다. 아내의 옷들이 이른 저녁 어둠 속에 환하게 보였다. 지금부터 죽는 순간까지가 이제 남은 나의 삶인가? 너무 일찍 퇴직한 탓일까? 무기력해지는 자신을 지탱해줄 시를 쓰기 위해 시인은 깨달음을 얻으려는 철학자처럼 거울 속 자신을 향해 자꾸 물어보았다. 늙어가는 얼굴 속에 자신의 어머니가 보였다고 그랬다. 시인은 아내의 옷장에서 오래된 연보라색 블라우스를 꺼냈다. 어디 한번 입어볼까 싶었다. 시인은 자신의 겨자색 카디건을 벗고 아내의 옷을 입어보기 시작했다. 심심한 것이 아니었다. 자신을 통해 늙어 중풍이 들었던 어머니의 모습을 한번 보는 것이라고, 시를 쓰기 위한 어떤 절박한 노력이라고 스스로에게 말했다.

시인은 이상스레 몸이 소스라치듯 떨리는 것 같았다. 아내의 옷을 입고 하나하나 단추를 잠그기 시작했다. 옷장을 나와 거울 앞에 서 있던 시인은 천천히 몸을 기울여 뚫어지게 자신을 바라보았다. 딱히 돌아가신 어머니를 그리워한 것은 아니었다. 하지만 늙어가면서 자신의 몸이 부모의 몸으로 바뀌는 느낌이 들었던 것은 사실이었다. 시인은 자신과 거울 사이에 긴 시간이 흐른 듯 느껴졌다.

그때 시인은 다시 쿵쿵거리며 흙을 다지는 소리를 들었다. 그리고 어디서 지진이라도 일어나는 듯 소리는 점차 커졌다. 담장을 트자고 하더니 결국, 이 저녁에 아무런 말도 없이 내 담장을 무너뜨리는 것일까. 시인은 연보라색 블라우스 위에 허겁지겁 카디건을 걸치고 밖으로 나가보았다.

어두운 마당 너머 그곳에는 불이 밝혀져 있었다. 새

로운 무엇인가를 축하하는 축제라도 벌인 듯 보였다. 한 번도 본 적 없던 그 집의 마당이 이리 훤히 보이는 건 담장이 허물어져버린 까닭이었다. 정말 담이 허물어져버렸는지 아니면 자신이 잘못 봤는지 시인은 애써 침착함을 유지하며 더듬더듬 걸어가 보았다. 축제는 이런 밤에도 일어나는가 싶었다. 불빛 휘황한 이웃집과 자신의 집 담장 사이를 허우적거리며 시인은 천천히 걸었다.

당신 곁에 언제나

남자는 점퍼 속을 뒤져 열쇠를 꺼냈다. 슈퍼마켓 셔터의 자물쇠를 열고 몇 번 발로 셔터를 툭툭 찬 뒤 맨손으로 들어 올렸다. 셔터를 올리다 보면 언제나 자신이 무엇인가 들어 올리고 있는 사람 같다고 느껴진다. 무거운 돌이거나 버리지 못하는 짐이거나 그런 것들. 언제쯤 이 셔터는 버튼 하나로 열리는 자동문으로 바뀔까.

슈퍼마켓 매장의 셔터는 '당신 곁에 언제나'라는 음료 광고 글이 보일 때쯤 멈춘다. 딱 거기까지다. 셔터를 들어 올릴 때마다 보이는 '당신 곁에 언제나'라는 광고 문구를 남자는 유심히 본다. 고개를 처들고 올려다보고 있노라면 글귀가 뭐라고 속삭이는 것 같았다. 이것도 벌써 일 년 전의 광고다. 처음엔 그 광고에 조금 마음이 설렜다. 이 광고를 보고 이곳에서 일하려고 마음먹었는지도 모른다.

음료의 광고 문구는 알래스카 심해에서 끌어올린 청정 해양수임을 강조하고 있었다. 그런 '당신 곁에 언제나'는 투명한 마린블루 빛으로 850밀리리터 용기에 담겨 출렁거린다. 심해가 저 광고처럼 생생하게도 아름다운 마린블루일 리가 없다. 바닷속은 300미터만 내려가도 빛이 닿지 않는 어둠이니까.

셔터를 열고 들어간 남자는 제일 먼저 눈에 띈 박스 뭉치를 정리한다. 오늘도 아침이면 트럭 가득 농수산물이 밀려들어 올 것이다. 벽에 몇 점 붙어 있는 광고 또한 파란색 알래스카 해양 심층수 성분을 가져왔다는 음료의 광고다. 동그랗게 몸을 말아 용기 안으로 태아처럼 잠수해 있는 광고 속 여자는 뭔가를 닮았고 생각한다. 남자는 빛바랜 이 광고 포스터를 떼어내지 않는다. 업체의 주문이 아니더라도 더 오래 보고 싶다고 생각한다. 가만 보니 광고 속 헤엄치는 여자는 앵무조개의 모습과 닮았다.

벽의 스위치를 올리자 텅 비어 있는 생선 가판대 위로 제일 먼저 불빛이 터졌다. 생선 가판대 위에서는 물기가 마른 스테인리스 판매대에 말라붙은 생선 비늘들이 하얗게 반짝인다. 남자는 수돗물을 틀어 생선 가판대 위의 비늘을 물로 다시 씻어냈다. 건너편 야채 코너를 덮은 투명 비닐도 걷어 올렸다. 그리고 차례차례 냉동고를 확인해본다. 밤새 돌아간 육류코너의 냉장고와 채소의 신선도를 지키는 저온 저장고가 불빛에 신음을 토했다. 남자는 작게 FM 라디오를 켰다. 매장 안에 음악이 들리기 시작한다. 가끔 혼자인 게 좀 그래서 이어폰으로 노래를 듣기도 했다. 이제부터 할 일은 넘치고도 넘친다.

남자는 이 슈퍼마켓에서 가장 일찍 출근한다. 아무도 없는 넓은 슈퍼마켓이 불빛과 남자의 움직임으로 살아나기 시작한다. 남자는 잠시 멈춰 음료 코너에서 마린블루 빛의 차가운 음료를 골라와 마셨다. 해양 심층수라니 더 시원한 느낌이 든다. 얼마나 깊은 곳에서 왔을까. 음료에 적힌 문구처럼 어떻게 언제나 당신 곁에 있을 수 있을까. 아내도 남자에게 그렇게 말했었다. '언제나'라고. 남자는 계산대로 가 해양 심층수의 바코드를 찍고 돈을 넣어둔다. '당신 곁에 언제나'는 단지 파란색 라임탄산수 맛일 뿐이다.

남자는 빗자루를 움직여 바닥을 대강 쓸면서 밖을 내다본다. 다른 직원들이 출근하려면 아직 30분 더 있어야 했다. 매장 내 몇 대의 CCTV가 남자를 비추고 있고 남자는 이곳에 온 이상 누구보다 성실하게 일한다. 남자의 몸 위로 어른거리며 빛이 한 줄기 지나간다. 생각을 멈추게 하고 일하고 움직이게 해주는 이곳. 그것만으로도 남자는 이곳이 좋았다. 그러다가 남자는 잠시 주머니 속에서 손에 잡히는 종이를 꺼내 무언가 되새김질하듯 접은 종이를 펴 다시 읽는다. 집 앞 택배 운송장에서 떼어낸 낯선 이의 전화번호였다. 오늘은 꼭 전화를 해보리라 생각한다. 그러려면 조금 마음의 여유가 있어야 한다고. 마음을 가다듬자고 되뇐다. 남자는 벽에 걸린 둥글게 몸을 말고 있는 심해 속의 여인을 다시 바라보았다.

　이른 아침 슈퍼마켓 매장으로 출근하며 남자는 집 앞을 나서자마자 손목에 단 만보기의 수치를 '0'으로 세팅했다. 몇 년 전 교통사고 이후 재활 치료를 거쳐 남자는 물리치료사가 권하는 대로 척추보호대를 한 채 조금씩 걷기 시작했다. 이후 남자는 언제 어디를 가더라도 차를 타는 대신 일찍 나와 걸었다.
　집에서부터 남자가 일하는 슈퍼마켓까지는 걸어서 한 시간 반은 족히 걸렸다. 꽤 먼 거리지만 남자는 늘 걸어서 이곳에 이른다. 하루하루 자신의 걸음 수를 적고 자신이 다닌 길들을 되새겨 본다. 밤이 되면 남자는 발목이 뻐근하다는 것을 느낀다. 일기를 쓰듯 걸음 수와 거리에서 본 것들을 적어두었다.

남자는 일 년 전부터 이 슈퍼마켓에서 일하게 되었다. 슈퍼마켓의 일들은 단순하고도 투명했고 고된 부분도 있었다. 그것들 모두 남자가 바라던 것이었다. 이른 아침 이곳 슈퍼마켓의 수산센터에 출근해서 횟감으로 들어온 생선을 정리하고 또 그날그날 팔아야 할 염장 생선과 건조된 수산품을 포장하고 간혹 남은 수산물을 냉동하거나 해동해서 씻어두는 일이 남자의 일이었다. 가끔 수산물센터보다 매장 관리가 어떨까 싶었지만 이른 아침과 오전에 작업을 끝내두면 일찍 퇴근을 할 수도 있기에 남자는 단순한 이 작업이 좋았다. 남자는 늘 혼자서 일하고 혼자서 밥을 먹고 혼자 집으로 왔다. 남자는 혼자라는 고통과 일부러 맞서보려는 중이었는지 모른다. 남자는 몇 년 전 아내를 사고로 잃었다. 그것은 누구를 탓할 수 없는 큰 사고였다.

어제저녁에 여섯 시를 넘겨 일을 마치고 나와 걸었

다. 남자는 가까운 식당에서 저녁을 사 먹고 한 시간 삼십 분을 걸었다. 밤 여덟 시 넘어 고양이의 빈약한 울음소리가 지나가는 한적한 아파트 단지 내 집으로 돌아왔다. 문 앞에 작은 택배 상자 하나가 또 놓여 있었다. 남자는 택배를 이용하지 않는다. 부칠 곳도 없고 올 데도 없다. 그런데도 한 번씩 집 앞으로 택배가 와 있다.

'오한준 씨. 경비실로 연락 부탁합니다.'

메모와 함께 놓인 택배는 이전과 달리 자그마한 크기의 상자였다. 여기 이곳에 오한준이란 이름 앞으로 택배를 보낸 이는 누구일까? 남자는 상자에 붙어 있는 운송장을 훑어보았다. 보내는 이는 알 수 없고 받는 사람 이름만 적혀 있었다. 오한준이란 사람은 이곳에 먼저 살았던 사람이라고 여겨졌다. 그는 이사를 갔을 테고 이사를 간지 모르는 지인이 그에게 계속 보냈을 것이다. 연락을 해주어야 할 거라고 남자는 생각했다. 남자는 택배를 들고 집으로 들어왔다. 남자는 탁자 위 수족관 속 두 마리 물고기에게 톡톡 두드리며 돌아왔음을 알렸다. 먹이를 주고 남자는 의자에 드러누웠다.

가끔 물건을 팔러 오는 사람들이 있기도 했다. 한 번은 휴무일에 벨이 울려 문을 열어보니 나이 든 여자가 서 있었다. 그리고 쑥 어떤 봉투를 내밀었다. '어디서 오셨어요?' 남자의 말에 그 중년의 여자는 말없이 미소만 지었다. 비굴해 보이지 않는 웃음이었다. 아파트의 부녀회에서 왔을 수도 있었다. 정말 저렇게 웃다가 어쩌려고 그래 할 정도로. "이건 뭔가요?" 하니 여자는 잽싸게 대꾸를 했다. "달여 먹으면 좋아요. 하나 들여서 달여 먹어요. 얼마 안 해요. 녹용도 있고 구기자도 들어 있어요." 멀리서 왔다고 했다. 금산 인삼인데 지금 판로가 없어 직접 들고나왔다고 했다. 남자는 서둘러 문을 닫았다. 통로식 임대아파트였기에 모르는 이들이 자주 드나들었다. 쉬는 날 초인종이 울려 나가보면 낯선 이가 서 있었다. 남자는 이사 오고 몇 달이 지난 후에야 이곳이 그런 곳인 줄 알게 되었다. 노인들이 많은 아파트라 저녁나절에도 아파트 앞 화단에 모여 앉아 지나가는 누군가를 기다리고 있다는 것을.

남자는 이런 저녁이면 자신이 쉽게 잠들지 못할 거라는 것을 안다. 누군가 잘못 보낸 택배가 집 앞에 놓여 있는 이곳. 자신 또한 이곳에 잘못 배달된 물건인 듯 여겨지는 날이 있었다. 돌려보냈지만 등에 멘 짐을 힘들게 다시 짊어지고 가는 중년여자의 뒷모습을 보는 듯 묘한 기분이 드는 밤이었다.

　이곳에 살다가 언제 떠났는지 모를 그 사람이 정말 오한준인지 그것도 알 수는 없었다. 지난번에도 남자는 관리실에 가서 전에 세 들어 살았던 사람의 이름을 물어보았지만 아는 이가 없었다. 서너 달에 한 번씩 오는 물건을 남자는 택배업체에 전화를 걸어 반품하려 했다. 주소지 변경으로 물건을 돌려보내려 했지만 바빴는지 아무도 이곳으로 오지 않았다. 그리고 그렇게 되돌려 주려다가 놓친 택배 물건을, 포장을 뜯지도 않은 채 남자는 자신의 베란다에 놓아두었다. 남자는 언젠가 기회가 되면 직접 돌려보내려고 작정했다. 열어보고 싶은 마음도 있었다. 그보다 오한준이 누구인지부터 알아야 했다. 남자는 오한준이라는 이의 전화번호가 적힌 택배상자의 운송장을 조심스레 뜯어냈다.

　불면증에 시달리던 몇 년 전 남자는 '물 위 보트요법'이라는 전문 용어를 주장하는 정신과 의사를 만났다. 음울해 보이는 얼굴에 느리게 걷고 알 수 없는 표정을 짓던 의사는 보라색 벨벳 의자 옆에 앉아 기다리고 있었다. 처음 찾아간 강변 끝 고급스러운 빌딩 안은 아무도 살고 있지 않는 듯 대낮에도 조용했다. 19층 승강기 문이 열리고 진료소를 노크했다. 보라색 벨벳 의자에 앉은 남자는 의사가 던지는 말들에 답을 이어갔다. 의사는 남자에게 말했다. 당신은 사실 자고 있지만 자신이 자고 있다고 느끼지 않으려는 자각이 문제라고. 흐르는 물 위에 한 점을 찍듯 바라보면서 물결 위를 떠내려가듯이 천천히 호흡하라고 했다. 그것은 생각보다 어려웠다. 세계 공인 정신분석 치료사라는 의사는 불편하게 누운 남자의 정수리를 오래 지켜보았다. 아는 이에게 소개 받은 그 치료는 무척 고액이었고 만만하게 남자가 치료를 계속할 수 있는 것이 아니었다.

"지금도 꿈에서 아내를 보고 있나요?"

의사가 물었을 때 남자는 언제나 사고의 순간 깨어난다고 했다. 정해진 삼십 분의 시간이 끝나고 돌아왔다. 남자에게는 보라색 벨벳 의자만이 기억에 남았다. 딱 두 번 만나고 최면치료는 끝이 났다. 비용을 감당하기가 힘들었다. '물 위의 보트처럼' 남자는 이후에 머릿속에 그 말을 담아두었다.

사고 이후 휴직계를 냈던 직장을 그만두고 슈퍼마켓의 수산물센터에 일을 하기로 한 것은 육체노동이 깊고도 안락한 잠을 줄 것이라는 믿음 때문이었다. 하지만 늘 그런 것은 아니었다. 때때로 지친 몸이 기괴한 꿈과 엉키면 그날의 잠은 달아났다. 누워 있어도 숯덩이에서 불길이 피어오르듯 머릿속은 다시 더운 김이 푹 솟아나고 어둔 밤에도 지끈거렸다.

'잠들어야 한다고 생각하지 마십시오. 그냥 어떤 이야기를 따라 배를 타고 가듯 천천히 흔들리면서 물 위를 내다본다고 느끼세요. 어딘가를 떠나는 배 안에 내가 있다고 생각해보세요.'

남자는 지금도 한 번씩 꿈을 꾸면 교통사고가 나던 한적한 들판의 그 지점을 차로 달리고 있는 자신을 본다. 자동으로 재생되는 화면처럼. 녹색의 잔광들이 비쳐드는 길이었다. 웃고 있는 아내의 모습을 보다가 어느 순간 아내는 죽고 없는데 이건 또 꿈이구나 하고 여겼다. 여러 번 보아온 아내는 언제나 사고 직전의 바로 그 순간의 모습이었다. 그때 무슨 이야기를 했던가. 잠을 더 잔다면 아내는 죽게 되는 것이리라. 그럴 때면 남자는 금방 잠에서 깨어났다. 꿈에서라도 아내를 죽게 하고 싶지 않았다. 그리고 새벽까지 남자는 뒤척거렸다.

　일 년 진 이곳으로 이사를 하고 남자는 슈퍼마켓의 구인광고를 보았고 면접을 보았다. 급료를 주급으로 계산해 줄 수도 있고 4대 보험 따위는 없어도 일한 만큼 돈을 벌 수 있는 곳이니 편했다. 그런 뒤 시장을 다녀오다가 대형마트에서 관상용 물고기를 샀다. 처음엔 그저 가전제품 코너를 두리번거리다가 이어져 있는 관상용 물고기 코너를 둘러보게 된 것이다. 키우기도 어렵지 않고 먹이만 신경을 쓰면 될 거라는 점원의 말에 결정하고 말았다. 혼자 사는 남자의 집에 구피레드와 네온테트라가 들어왔다. "이름을 지어서 한 번씩 불러주세요. 먹이를 줄 때도. 그러면 주인 발소리를 알아챈다고 사람들이 그래요." 점원이 얘기해주었다.
　남자는 두 마리 물고기 중 한 마리에 죽은 아내의 이름을 붙여주었다. "영인아!" 네온 불빛을 받아 헤엄치는 물고기 두 마리는 남자에게 모두 다 영인이가 되었다. 밤이면 남자는 침대에 누워 탁자 위에 놓은 수족관을 바라본다. 파란 네온 불빛이 반짝이는 산소발생기를 응시하자 방 안도 수족관인 듯 여겨졌다.

어느 것이 네온테트라인지, 구피레드인지 헷갈렸다. 어떤 휴무일에는 하루 종일 침대에 앉아 수족관을 바라보았다.

아내를 만나기 전 2006년 1월 25일에 남자는 책 한 권을 샀다. 이곳으로 이사하려고 짐을 챙기다 열어본 책의 첫 장에 날짜가 적혀 있었다. 아내를 만나기 전의 시절이었다. 그때 남자는 직장을 다녔고 퇴근 후 책을 사거나 영화를 보고 누군가를 만났을 것이다. 남자는 그 책을 무척 좋아했고 십 년이 지난 후에도 그 책을 펼쳐 어느 한 부분을 다시 읽곤 했다. 그러면 그 책을 처음 읽었을 때의 기분이, 조금은 염세적이고 낯선 것을 두려워하고도 동경하던 그 순간이 느껴졌다. 남자는 2006년의 자신의 처지와 모습을 회고하기도 했다.

남자는 어린 시절에 어머니를 일찍 여의었다. 그래서 엄격하고도 권위적인 아버지와 형과 함께 살았다. 아버지에게 자주 야단맞고 오직 친구들과 어울리던, 초겨울 날씨 같은 사춘기의 날들이었다. 전문대학을 졸업했고 전기계통의 경력으로 직장을 얻었고 도망치듯 아버지와 형으로부터 떨어져 나왔다. 남자는 사택을 전전하며 지냈다. 2006년 이전의 삶이었다.

아내를 만나기 전인 그날 남자는 아내로 인해 전혀 슬퍼할 것도 그리워할 것도 없었다. 그 사실이 놀라웠다. 지금은 죽은 아내로 인해 남자는 이사를 했고 직업을 바꾸었고 그리고 모든 게 달라졌다. 여전히 아내가 남자에겐 상처로 남아 있었다. 2006년으로 돌아간다면 어떨까. 2006년에서 지금까지 시간이 흐르지 않았다면 고통은 없는 것일까. 남자는 자신이 무책임하다고 다시 느꼈다.

아침에는 일찍 집을 나서 이곳으로 걸어왔다. 걷고 또 걷는 것에는 꼭 그래야 하는 이유는 없었다. 어쩌면 아무런 도움이 없어도 되는 일이기에 좋았는지 모른다. 병원을 나와 재활치료를 하는 순간부터 남자는 어딘가를 걸어 다녔다. 물론 사고 이후 남자에게는 차가 없어졌고 차를 타고 멀리 가야 하는 일이 생기지도 않았다.

얼마 전 세 시간쯤 걸어서 집에서 멀리 떨어진 해양사박물관으로 걸어간 적이 있다. 휴무일이었다. 그때 남자가 알고 싶은 것은 앵무조개뿐이었다. 머릿속이 텅 빌 때까지 걷다 보면 거리의 풍경이 달라져 있었다. 어느새 산동네를 지나고 철길 변을 걷고 있기도 했다. 걷는 순간마다 남자는 아내를 떠올렸다. 아내에게 용서를 구하는 게 아니라 함께 걷고 있다는 것을 느끼기 위해서였다. 혼자 걷고 난 후에 시작된 보이지 않는 아내와의 동행이었다. 그날 해양사박물관에는 앵무조개 전시가 이미 끝나 있었다.

"앵무조개를 본 적 있어? 그럼 앵무조개가 어떻게 우는지 들은 적이 있어?"

어느 날 아내는 앵무조개의 울음을 들은 적이 있냐고 물었다. 남자는 앵무조개에 대해 아는 것이 없었다. 하물며 울음소리를 들은 적이 있을까. 앵무조개가 운다는 게 말이 되나 싶었다. 아내는 앵무조개 이야기를 자주 했었다.

결혼 전 아내는 남자가 다니던 회사 사택의 방에 놀러 왔고 복도에 버려진 작은 어항을 씻어 왔다. "뭘 하려고 그래?" 남자는 물었다. 아내는 가방 속에서 준비해 온 플라스틱 수초와 옥돌처럼 예쁜 자갈돌을 가져와 어항에 넣었다. 바다를 보여주고 싶다고 그랬다. 그리고 둘은 함께 몸이 붉은 금붕어 몇 마리와 물레방아를 사다가 넣어주고 다슬기도 넣어주었다. 다

슬기는 어항 벽을 타고 한동안 살아갔다.

그리고 남자는 본 적도 없는 앵무조개 이야기에 빠져들었다. 아내는 남자의 방에서 가끔 노트북을 두드리며 뭔가를 쓰고 있었다. 앵무조개를 갖고 싶다는 여자는 특이한 귀를 가진 자신의 아버지 이야기를 했다. 친구의 소개로 아내를 만난 지 서너 달 정도 지나서였다.

"아버지는 어부야. 배를 타고 멀리 개복치를 잡으러 다니셨지. 한번은 바다에 갔다가 어디서 났는지 속이 빈 앵무조개 껍데기를 가져다주었어. 그물에 죽은 앵무조개들이 걸리기도 하거든. 먼바다로 갔다가 운이 좋으면 정말 개복치를 잡기도 했지. 하지만 거의 대부분 놓치고 다른 물고기를 잡아 오기도 했어."

아내는 이야기를 재미있게 잘했다. 듣다 보면 스르르 잠이 오기도 했다.

"처음부터 아버지가 어부였던 건 아니야. 어머니를 잃어버린 후부터였으니. 아버지는 물고기가 다니는 길을 찾는 데 감각이 남달랐다고 그랬어. 어군 탐지기뿐 아니라 물의 소리라던가 바람의 방향으로도. 하여튼 아버지는 물고기 소리가 들린다고 했지. 사실 그게 주먹구구식이기도 하지만."

하지만 여자의 아버지는 예순이 지나 배에서 작업을 하다 병으로 쓰러졌다고 한다. 포항 어딘가 요양병원에서 혈압으로 고생하던 아버지가 죽고 난 뒤 여자는 고향을 떠나왔다. 남자를 만날 때마다 여자는 노트북을 끼고 와서 글을 고쳤다.

"뭘 해" 하고 물으면 여자는 "아버지가 잡아 오던 앵무조개에 대해 글을 쓰고 있어"라고 했다. 그러다가 아버지가 앵무조개라고 믿었던 그 가짜 앵무조개 껍데기에 대해서 글을 쓰려고 한다고 했다. 여자의 손은 잡아채면 으스러질 정도로 작고 투명해 보였다.

아내는 제 어머니 얘기를 거의 하지 않았다. 아버지가 개복치를 잡으러 다닌 것은 알았지만 그녀의 어머니는 어떤 사람인지 몰랐다. 아내의 글 속에 간혹 등장하기는 했다. 가끔 앵무조개로 표현되던 바닷속 생물이 어쩌면 아내의 어머니가 아니었을까. 아버지와 나이 차가 열 살이나 난다는 어머니는 여자를 낳고 얼마 뒤 집을 나갔다고 했다.

"바다에 가면 앵무조개가 있다고 늘 아버지가 나를 집으로 불렀지. 방학 때면 늘 바닷가 집으로 돌아갔어."

"왜 어머니가 앵무조개 같다고 아버지는 그러셨지?"

여자는 모른다고 했다. 그저 바닷속에서 둥둥 떠다니는 떠돌이 같은 앵무조개만을 말했다.

"앵무조개 몸 안에는 방이 아홉 개나 들어 있다고 하더군."

남자는 잠시 머뭇거렸다. 앵무조개는 모양이 예뻐서 그 껍데기를 가공하느라 찾는 사람이 많았다. 앵무조개를 줍게 되면 행운이 온다고도 사람들은 믿었다. 그래서 더 귀해진 거라고. 아버지가 개복치 잡는 날이면 동네 단골손님들이 기다렸다는 듯이 몰려들었다고 아내는 말했다. 개복치 회가 흔한 게 아니니까. 하지만 개복치를 잡는 날에도 아버지는 아주 행복하지는 않았다고 했다.

"내가 보기에 아버지는 개복치를 잡으러 간다 했지만 마음속에는 살아 있는 앵무조개를 잡고 싶었을 거야."

남자가 전화를 걸었을 때 아무도 받지 않았다. 신호는 가지만 서너 번 걸어도 전화는 연결되지 않았다. 남자는 오한준이라는 이름의 전화번호를 가지고 있다는 것이 부담스러웠다. 문자를 남겨야 할까 생각했다.

'오한준 씨. 이 문자를 보시면 연락을 주세요. 택배를 가져가시기 바랍니다.' 남자는 번호를 누르고 메시지를 전달했다. 적어도 신호가 가는 전화번호라면 누군가 연락은 줄 거라 생각했다.

이른 아침 집을 나선 남자는 한 시간 반 걸리는 거리를 걸어서 출근했다. 늘 그렇듯이 슈퍼마켓의 매장이 가까워지면 남자는 지난밤 문을 잠그고 셔터를 내린 지하 매장을 떠올린다. 때때로 슈퍼마켓에 누군가 들어와 매장의 곳곳을 텅 비게 털어버리는 상상을 하기도 했다. 그리고 언젠가 이곳을 떠나야 할 때가 올 거라고 생각했다. 그때쯤이면 아내에 대한 남자의 그리움이 끝날 것인가? 아내가 사랑하던 앵무조개도 잊고 함께 놀러 갔던 제주도 아쿠아리움 속의 앵무조개도 생각하지 않고 개복치를 잡으러 다니면서 앵무조개를 기다리던 그녀의 아버지 이야기도 차차 잊어버리게 되겠지. 그럴 수 있을까.

지하 1층의 슈퍼마켓 매장 앞에서는 여전히 오징어 냄새가 났다. 팩에 가지런히 포장되어 쌓인 오징어다. 처음 손질할 때는 상쾌한 바닷냄새가 났었다. 하지만 조금만 오래 두게 되면 여지없이 지독한 냄새를 풍겼

다. 기간이 지난 생명은 어김없이 악취를 풍겼고 형체
는 쉽게 사라졌다. 수산물센터는 냉동과 해동의 시간
을 이용해 희미하게 악취를 잡아두는 곳이었다.

그리고 보면 지하 매장을 오고 가는 사람들은 이
미 비릿한 이 냄새에 익숙했다. 던킨도너츠 가게에
서 익숙한 도넛 냄새를 기대하듯 제 몸에 깊숙이 다
가오는 비릿한 소멸의 냄새를 일부러 찾아든다고 할
수 있겠다. 오늘은 창고 속 가득 쌓인 피조개나 백합
조개, 갑오징어가 신선했다. 남자는 빠르게 손을 움
직여나갔다.

업무용 장화를 신고 한숨을 돌리던 남자는 휴대
폰이 울리는 진동 소리를 들었다. 바쁜 가운데 남자
는 휴대폰을 들여다보았다. 오한준이라는 사람에게
서 전화가 올지 기다리고 있었다. 하지만 전화는 오
지 않았다. 슈퍼마켓 계산대에서 영수증을 다시 끼워
넣으며 자신의 손에서 오징어 냄새가 난다는 것을 알
았다. 땀에도 숨결에도 오줌에도 요즘 한창인 이 오
징어 냄새로 가득하겠지. 지하 1층 슈퍼마켓은 수족
관처럼 비리고 서늘했고, 오후 나절이면 싸게 판매되
는 당일 생선을 사러 온 사람들로 북적거리기도 했
다. 수족관 너머로 어른거리는 물속을 보듯 바라보면

걸어 다니는 사람들이 남자에게는 수족관 물고기들과 다름없어 보였다. 저장용 소금이 바닥을 드러내자 남자는 다시 창고로 들어갔다. 그리고 이곳의 냄새를 앵무조개 냄새라고 남자는 중얼거렸다. 아홉 개의 방을 가진 앵무조개처럼, 깊숙한 칸막이를 가진 마음들이었다.

남자는 밖으로 나와 잠시 쉬면서 오한준이라는 이에게 다시 문자를 보냈다. 전화를 해도 받지 않고 문자도 읽지 않는다면 이 사람은 어디 아픈 것일까. 아니 어쩌면 문자를 보내준 사람의 호의를 무시하는지도 모른다. 메시지를 보내면서도 남자는 자신의 마음을 알 수 없었다. 빨리 이 짐을 덜고 싶었다.

아내를 태운 낡은 차가 바닷가 국도에서 사고를 당했다. 순식간에 옆을 살필 사이도 없는 순간, 남자는 가로수에 받혀 찌그러진 차의 틈에 끼어버린 아내를 보았다. 차의 기름 냄새와 타이어가 긁힌 냄새. 그리고 핏자국. 축 늘어진 몸. 남자는 자신이 운전한 그 순간을 이해할 수 없었다. 앞서 추월해 오던 반대편 차량과 정면으로 충돌하려는 것을 피해 핸들을 돌린 것이 도로가의 가로수를 들이박은 것이었다. 그날 그 순간의 자동차 사고는 아주 짧은 오 분 사이의 일이었다. 에어컨 공장에서 제공하는 사택에서 신혼을 시작하고 여자의 고향을 다녀와 바닷가를 거닐다가 문득 이제는 아이를 가져도 될 거라고, 올리지 못한 결혼식도 하고 제대로 살아보자는 계획으로 들뜬 시간이었다. 신혼부부를 위한 조금 넓은 평수의 사택으로 옮겨와서 남자와 몇 가지 새 가구도 사들였다. 이불도 커튼도 아내가 고른 밝은 색상의 물건들이었다. 남자는 태어나서 그렇게 예쁘고 깨끗한 집은 처음이라는 생각이 들었다.

국도변에서 일어난 그 교통사고는 가장 좋은 순간에 필름이 끊어져버리도록 예고된 영화 같았다. 그렇게 일상이 사라져버릴 수 있다는 것. 언제나 끝이 있다는 것을 무섭도록 각인시키는 날들이 이어졌다.

아내가 늘 말하듯 개복치를 잡아 올릴 때 그물에 잡히는 순간 개복치는 바닷속에서 자유로운 생이 끝났다는 것을 알고 있을까?

"아버지가 잡아 오는 물고기들이 사실은 다 우리에게는 돈이고 먹을거리이지만 물고기들에게는 죽음 그뿐이겠지. 그런 생각이 들었는데 한번은 생선을 먹다가 나를 빤히 보는 생선 눈을 보니 눈물이 났어. 이런 것을 슬프다고 말해야 하나?"

그렇게 갑자기 달리던 차 안에서 구겨져 죽을 수 있는 약한 우리는 물고기보다 나을 게 없었다.

아내는 죽었고 운전을 한 남자는 허리와 어깨를 다쳤고 두통에 시달렸고 사고를 일으킨 반대편 차량의 운전자와 긴 소송이 이어졌다. 자신이 중앙선을 추월한 것은 잘못이지만 그 구간은 추월이 가능한 구간이었음을 강하게 피력하는 운전자와 삼 년에 걸친 소송이 이어졌었다. 시간은 가끔 어느 순간으로 다시 되감기를 하고 있었다. 육 년의 시간이 지났지만 남자는 늘 그 사고에 대해 생각했다. 잘못은 오직 남자의 판단 착오이거나 미숙한 운전이었거나 상대방 운전자의 중앙선 침범으로 인한 대응이 잘못되었다는 것이었다. 길가의 가로수를 피하고 그냥 옆 논두렁으로 굴렀더라면 어땠을까. 차에 에어백이 달려 있었다면 죽지 않았겠지. 중고차를 살 때 에어백은 설치되었는지 물어보지도 않았지.

남자는 아내가 그때 무슨 말을 하고 있었는지 두고두고 궁금했다. 웃고 있었던 아내는 무슨 얘기를 하고 있었을까. 우리는 그때 무슨 이야기를 했었나. 아내의 목소리가 그리웠다.

　남자가 아내와 만나 부부로 함께 산 시간은 오 년을 넘지 않았다. 그래선지 아직도 아내는 앵무조개 여자로 기억된다. 아름다워서 남획이 되어버린, 그렇기에 멸종이 되어 껍데기만으로 세상에 남아 있는 앵무조개. 밤에 읽다가 접어둔 아내의 습작 글의 한 부분을 다시 읽었다. 수족관 물 위에 떨어뜨린 네온테트라 물고기의 밥을 톡톡 치며 먹는 소리가 들렸다. 탁자 위에 둔 열쇠. 행거에 걸려 있는 옷. 때로 남자는 자신의 방 구석구석에 물건들이 다 깊은 물속 풍경 같기만 했다. 그럼에도 한 번씩 아침에 집을 나설 때면 그 모든 것들이 제대로 놓여 있었던가를 떠올린다. 언젠가 때가 되면 남자는 수산물센터의 일을 그만둘 것이다. 그리고 다시 이곳을 떠나 다른 곳으로 이사를 할지도 모른다.
　남자의 방 안 작은 탁자에 놓인 작은 수족관 옆에는 기념품으로 산 앵무조개가 있었다. 기념품인 모조 앵무조개. 제주도로 여행을 가서 아내는 수족관을 찾아다녔다. 아내는 투명한 유리 속에서 가장 먼저 앵무조개를 보고 있었다.

"저게 앵무조개야. 아주 먼 깊은 바다에서 온 거겠지."

속삭이듯이 말했다. 그리고 침묵.

"화려하게도 생겼군. 그런데 도대체 무얼 봐서 아버지는 앵무조개가 어머니의 모습이라고 생각한다는 거지?" 아내는 중얼거렸다.

제주도의 여행에서 남자와 아내는 이름난 수족관을 찾아 여러 군데를 돌았다. 앵무조개가 있는 곳이라면 어디라도 찾아갈 것처럼. 그리고 어느 수족관에서 기념품으로 앵무조개를 샀었다.

결혼 후 사택에서 아내는 흐린 날이면 읽던 책을 덮어두고 커다란 냄비에다 물을 가득 끓여서 조개를 삶았다. 아무것도 넣지 않고도 뽀얀 국물이 우러나오는 동죽조개나 바지락은 맛이 좋았다. 담치라 불리는 홍합이나 피조개를 삶기도 했다. 아내는 조개껍데기를 까서 남자에게 살을 발라주었다. 그때는 그렇게 시간이 길어도 한참 길었다.

남자는 아내가 습작한 글의 한 부분을 다시 읽었다. 아마 결혼하기 전, 2006년 이전의 글인지도 모른다.

그거 아세요? 바다 깊이 들어가면 마린 스노우라

는 플랑크톤의 시체가 눈처럼 내리는 곳이 있다는 것을. 그러니까 바다에도 여기 겨울의 눈처럼 눈이 온다는 말입니다. 그건 아주 깊은 바닷속 8백 미터나 내려간 곳입니다. 그런 곳에는 아예 물고기도 없는 묘지라고 해야 하나 그럴 겁니다. 수심 2백 미터 되는 곳에 사는 물고기는 고등어나 갈치하고는 생김새가 다르지요. 생선구이 집에 가면 그것부터 보여요. 깊은 바닷속의 수압을 견디는 방법은 무얼까요. 몸의 형체를 바꾸는 것밖에 없을 겁니다. 앵무조개도 수압을 견디며 가장 오래 살아갈 궁리를 해온 생물입니다. 그래서 아버지가 제게 주고 싶었을 겁니다. 엄마처럼 일찍 세상 버리는 일은 하지 말라고. 그렇게 앵무조개의 둥근 내부에 진줏빛으로 나이테가 하나씩 그어지듯이 한 오 년마다 한 생이 시작됩니다. 다시 기억이 사라진다 해도 제 몸에 선을 하나 더 그어놓는 앵무조개처럼 오래 남아 있고 싶습니다. 당신 곁에 언제나.

아내가 쓰다 만 글의 한 구절인지 편지의 한 부분인지 남자는 알 수 없다. '당신 곁에 언제나 있겠다'라는 말이었다. 처음 만나던 내내 톡톡 노트북에 글을 쓰고 있던 아내는 남자에게 뒤에 남아 서성이다 읽으라고 이렇게 속삭이며 글을 남겨두고 갔는지 모른다.

　열흘 뒤 전화를 걸어온 사람은 오한준의 동생이라고 했다. 젊은 여자 목소리이기도 한 그녀는 그동안 전화기를 꺼내 보지 못했다고 했다.

"오빠의 전화번호예요. 제가 오빠 전화기를 가지고 있어요."

　남자는 택배를 가지고 가라고 말했다. 오지 못한다면 그곳으로 부쳐주겠다고 했다.

"오빠는 이제 여기 살지 않아요. 오빠의 여자 친구일 겁니다. 오빠가 그곳에 살 때 자주 가던 분이에요. 아마 예전처럼 옷이나 책을 보냈을 겁니다."

　남자는 그 이야기를 듣고, 오한준 씨는 어디 멀리 있나요? 그럼 그분에게 이제 이곳으로 택배를 보내지 말라고 말씀드리십시오. 우리 집으로 자꾸 택배가 온답니다, 라고 말했다. 어쩐지 여자가 전화를 끊을 듯해서 남자는 빠르게 말했다. 남자는 오한진이라는 이가 외국으로 이민 갔거나 다른 지방으로 이사를 갔을지 모른다는 생각을 했다.

"죄송해요. 오빠는 이곳에 없어요. 그분은 알고 있

으면서도 그곳으로 택배를 보내는 거니까. 언젠가는 멈출 거예요. 수고스럽겠지만 그냥 버려주세요."

전화 속의 여자는 서둘러 전화를 끊었다. 언젠가는 멈출 거라는 말이 조금 마음에 걸렸다. 그는 어디로 갔을까?

전화를 받고 난 뒤 거리의 모습이 선명하게 와닿는다. 모처럼 일찍 퇴근한 남자는 거리를 지나치는 사람들의 모습이나 하루하루 바뀌는 거리의 모습까지 세세하게 눈에 담아보려고 했다. 전화 속 여자의 목소리는 떨렸다. 오한준 앞으로 보내온 택배가 무엇인지 그 동생은 궁금하지 않을까 싶었다. 어디로 갔는지 묻고 싶었지만 그만두었다. 어쩐지 생각지도 않을 답을 들을 것만 같았다.

아침이면 집에서 슈퍼마켓까지 걸어오고 저녁이면 다시 되돌아가는 익숙한 길이었다. 하루도 바뀌지 않고 반복되지만 남자는 숱하게 오고 간 그 길에 다시 눈길을 주며 걷고 있었다. 어떤 새로운 풍경을 우연히 마주치기 위한 것도 아니었다. 어떤 것도 새롭지도 그렇다고 낡지도 않다는 것을 이미 알고 있었다. 남자는 천천히 걸었다. 조금 뒤 신호등이 바뀌고 달리던 도로 위로 차들이 일제히 정지했다. 잠시 숨을 고르고 남자는 언젠가 자신도 저렇게 멈출 때가 올 거라는 생각이 들었다.

수
박
의

맛

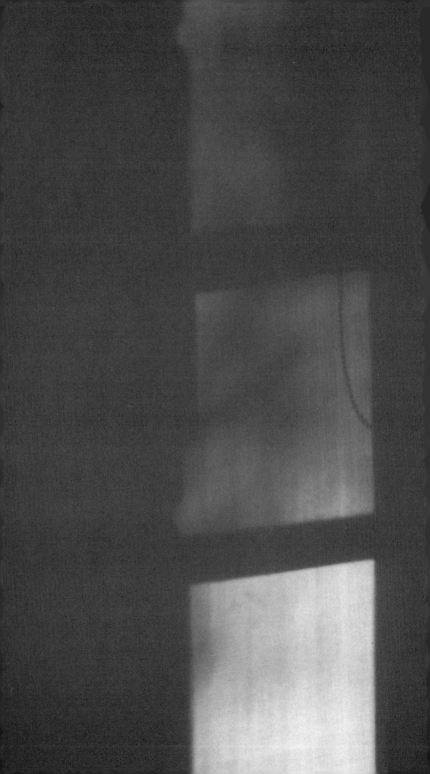

수박을 먹을 때면 어머니는 말했다. 아깝다, 아까 워. 흐르는 수박의 단물을 핥아 먹으면서 말했다. 뭐 가 아까워요? 수박을 손에 들고 한입 가득 베어 물면 서 뭐가 그리 아쉬운지 물었다. 그러면 더 옛날 전쟁 통에서도 수박은 잘 익어서 꿀맛이었다는 얘기를 했 었다. 그리고 수박장수가 되어 부자가 된 친척 이야 기까지 들려주었다. 아까운 것은 수박 먹던 날의 달 콤한 기억이었다. 수박을 먹을 때는 어머니의 이야기 들이 흘러나왔다.

한 번씩 수박화채를 해 먹자며 어머니는 선반에 있 던, 잘 쓰지 않던 은 스푼을 닦아 그릇에 걸쳐두었다. 찬물에 잠긴 수박을 반으로 잘라서 아이스박스 안에 넣었다가 차가워지면 화채를 만들어 먹었다. 얼음을 돗바늘로 깨고 커다란 그릇에 담았다. 얼음을 바늘로 깨는 일은 사실 어려웠다. 잘 쪼개지지 않으니까.

붉은 수박의 빛깔은 어떤 꽃을 연상시켰다. 한여름에 무성하게 피는 하와이 무궁화라는 붉은 꽃. 탐스럽고 또렷한 꽃잎에 비해 그 꽃의 내부는 너무도 단조로웠다. 노란 수술 때문인지 플라스틱 꽃처럼 보였다. 수박이 맛있어지는 그때, 우리 집의 그 꽃도 피고지고 또 피었다.

어머니는 그때 우리가 여름날 이 정도 수박을 먹을 수 있어서 다행이라고 말하고 싶었을 것이다. 그 말은 이전에 아주 힘든 시절을 보냈다는 것이다. 그때 그 어두운 부엌이 떠오르고 식칼을 든 어머니가 아이스박스 안에 든 초록빛 수박을 꺼내 푹 자르던 게 기억났다.

어떤 손님이 오는 날이면 수박을 더 차갑게 식혀두곤 했다. 당시 우리 집을 찾던 몇몇 사람들이 있었다. 누군가 찾아올 때면 한 번씩 어머니의 안색이 무겁게 변하던 일이 있었다. 그때 밤새 녹음기를 돌려 듣듯 어떤 사람의 이야기로 밤을 새던 때가 있었다. 어린 우리들은 옆방에서 반쯤 잠들다가 깨곤 했다. 이제 그날들은 다 사라졌지만 수박을 먹을 때면 그 기분이 든다. 지난 일이 손짓하는 것 같다. 수박은 여름밤 찾아온 그때 사람들을 떠오르게 하고 궁금하게 만든다.

손님이기도 하고 친구이기도 한 그들이 오면 어머니는 방 안에서 한동안 곰곰이 뭔가를 의논하다가 밤이 깊어지면 국수를 말아 먹기도 했었다. 더워서 선풍기를 틀고 그러다 수박을 먹고 맥주를 마셨다. 어머니는 친구들과 음악에 맞춰 춤을 추기도 했다. 아주 작은 휴대용 녹음기로 음악을 틀어놓고 서로 들어보기도 하고 그랬다. 가끔은 아니지만 그렇게 세상 잊고 춤추고 있는 어머니가 그 순간은 행복한 듯했다. 그때 무슨 일이 있었는지 시간이 지나버리자 정말 아무것도 남아 있지 않았다.

그때 우리들은 너무도 세상을 모르는 어린아이들이었기에 그저 세상에서 벌어지는 일 그대로를 용인할 뿐이었다. 이유를 달지도 묻지도 않았다. 왜 아버지가 몇 년 동안 집에 오지 않는지. 어머니는 시멘트 마당에 왜 그렇게 화분을 잔뜩 사다가 꽃씨를 심어 키워갔는지. 누군가 온다는 기별이 오면 어쩌면 그렇게 반갑게도 수박을 사다가 얼음을 재워놓았는지. 아무것도 알지 못하는 일들이었기에 이후 오랜 시간이 흐른 뒤, 늙어버린 어머니가 그때의 누군가를 죽기 전에 보고 싶다고 말했을 때 나는 그 옛 손님들을 알아채지 못했다.

어두운 부엌에는 늘 물이 흘렀고 가끔 역류하기도 했다. 장마가 오는 여름날이면 아궁이까지 물이 차올랐다. 밥상이 물에 젖었고 찬장 다리도 젖었다. 대야로 물을 퍼냈는데도 물은 차올랐다. 보트 위에 살고 있다는 바닷가 어느 수상족처럼 우리 가족은 때때로 흔들렸다. 어머니가 듣던 녹음기 속의 그 노래가 없었다면 우리 가족은 더 위태로웠을 수도 있었다.

여름 방학 동안 나는 부엌문을 열어둔 채 작은 방에 엎드려 숙제를 하곤 했다. 어머니는 흰 아이스박스에 빨간 스프레이를 뿌려 색을 입혔다. 왜 빨간 스프레이를 뿌려요? 멋지니까. 어머니의 대답은 간단했다.

아이스박스는 냉장고가 없는 사람들을 위한 임시방편 냉장고인 셈이었고 하루에 얼음 한 덩이씩 사다 넣어두면 그런대로 시어 터지지 않은 열무김치나 찬 과일을 먹을 수 있었다. 얼음을 구하려고 나는 가끔 네거리의 얼음공장으로 심부름을 다녔었다.

엄마. 그 네거리에서 바보를 만나면 어떡하지.

걱정마라. 눈 마주치지 말고. 그 애도 바쁘게 걷는

사람은 건드리지 않으니까. 얼음공장에서 얼음 잘라 줄 때 이 양동이에 담아 와라. 다음에 냉장고가 생기면 더 시원한 수박을 먹고 콜라를 넣어서 먹어보자꾸나. 아버지가 오게 되면 말이지.

옥수수 냄새 같은 머리냄새가 피어오르지만 나는 머리를 빗고 길을 나섰다. 여름이라 모든 게 뜨겁게 타올라 냄새를 피우고 있었다. 부엌 선반 위에 놓여 있는 삶은 보리쌀에서도 냄새가 난다. 파리가 몰려들지 않도록 망을 씌운 그 소쿠리에서 맛이 간 냄새가 흐른다. 여름은 냄새를 숨길 수 없었다.

동네 아이들이 바보라 부르는 스물두어 살 정도의 청년인 그는 동네 네거리에서 늘 교통정리를 하고 다녔다. 동네 네거리는 어쩌다가 한 번씩 자동차나 단 하나뿐인 28번 버스가 다니는 도로였다. 복잡한 곳도 아닌 그 도로에서 그는 파랑새 문방구 옆 양버즘나무 아래 서 있다가 불쑥불쑥 나타났다. 늘 벙글거리며 웃어서인지 벌써 굵은 주름이 이마에 가득했다. 눈을 마주치면 안 되니 오금이 저리게 걸었다. 하지만 어느새 뒤를 따라와 좋다고 웃으며 덤벼들지 몰라 나는 두려웠다. 사람들이 모인다 싶으면 교통완장을 차고 호루라기를 불었다. 사람들이 자신의 신호를 따르지 않는 것을 싫어했다. 그의 집념은 대단했다.

얼음공장은 네거리를 지나 초등학교를 가는 길목에 있었다. 얼음공장 건너편에는 중국집 성진각이 있고 그 옆에는 미용실이 있었다. 그 부근에 가면 모든 물건들을 살 수 있는 가게들이 줄지어 있었다. 얼음공장 사장은 민소매 옷에 겨드랑이 털을 자랑이라도 하듯 두 팔을 번쩍 들어 올리며 갈고리로 얼음을 냉동고에서 꺼냈다. 사장의 어깨에 꽃 한 송이가 검게 박혀 있었다. 문신이라고 했다. 여름이 한철인 얼음공장 사장은 톱으로 신나게 얼음을 잘라 주었다. 얼음집 사장은 아무나 보고도 아는 척했다. 네 어머니 요새 어찌 지내시노? 나는 대답 대신 눈을 흘기고 입을 다물었다. 길을 걷다 보면 얼음은 조금씩 녹아 물이 되었다. 그 길은 무척 길었다. 아이스박스는 하루에 얼음 한 덩이로 충분했지만 다시는 얼음공장에 가고 싶지 않았다.

아깝다. 그 애는 약을 잘못 먹어서 그랬다는구나. 일곱 살 어린 나이 때 자꾸 경기한다고 애한테 독한 약을 잘못 달여 먹였단다. 나는 바보가 길가에 그냥 멍하니 서 있었다는 말을 해주었다. 어머니는 자꾸 아깝다고 말했다. 걔 엄마라는 여자가 어떤 여자인지 애 죽이려 작정했지 싶다. 제 아비가 바람나서 집으로 돌아오지 않으니 어린애가 경기를 하든 배탈이 나든 신경도 안 쓰고 미쳐 돌아다녔다지. 그러다 약을 잘못 쓰게 했어. 너무 약효가 세서 열병이 들어 머리가 저리됐다지. 너는 그 사람을 절대 바보라 부르지 마라. 머리는 그래도 자기 무시하는 줄 다 알아듣고 있으니까. 제 형은 서울에 있는 대학까지 갔다지.

겨울이 와서 연탄 화덕에 떡을 구울 때까지 바보에 대한 잔소리를 들었다. 그의 웃음소리가 떠오르자 바보스러운 그 사람에게도 아까운 청춘이라는 말이 어울릴까 싶었다. 하여튼 여름이 와서 수박을 먹을 때마다 아깝다는 그 말을 들었다. 어머니 말대로 젊은 인생은 아까운 것. 수박 또한 아까운 것이었다.

이후 한여름이 되어 수박을 먹을 때면 나는 늘 누군가의 청춘이 아까웠다. 한여름의 절정 속에 있다는 것은 곧 그 순간이 지나간다는 것을 알게 되는 것이다. 수박의 맛과 함께 이미 한 해의 절반이 다 가버린 것을 알게 되는 때였다. 수박 하나에 뭐 그렇게 대단하고 비밀스러운 일이 있었던 건가. 하지만 내가 알지 못할 어떤 일들이 분명 있었을 것이다. 왜 어머니가 그렇게 수박을 먹을 때 아쉬워했는지. 그리고 마당가 무럭무럭 자라는 붉은 하와이 무궁화는 줄기의 맨 꼭대기에 단 한 송이의 꽃만을 피워 올리는지. 이미 오래전의 이야기지만 말이다.

　설핏 어둠과 빛이 교차하는 방문을 열었다. 아무도 없는 집 안에 아직 남편은 돌아오지 않았다. 열린 창문 틈으로 더운 바람이 불어오고 있다. 매미 울음소리는 어둠이 깊어져도 여전히 들려왔다. 극성스러운 놈들이야. 여름이라는 것을 뜨거운 열기로 아는 걸까. 길어진 낮의 빛으로 체감하는 것일까. 두 팔의 깍지를 풀고는 나는 들고 온 수박을 식탁 위에 올려놓았다. 스위치를 올리자 하필 거실 전등 하나가 픽 소리와 함께 나가버렸고 식탁 위 전등조차 어두워져갔다.

　바람이 불어오는 문밖 어딘가 아이들의 노는 소리가 들려왔다. 오후 나절에는 야구공이 경쾌한 소리를 내며 알루미늄 야구 방망이에 맞아 떨어지는 소리가 들렸다. 늦은 저녁까지 아이들은 아파트 옆 넓은 공터에 모여 있었다. 그늘이 깊어진 아파트 지하실에서 고양이들이 뒹굴며 어미를 부르는 소리도 들렸다. 그리고 늘 그렇듯 아파트 위층 어딘가에서 맷돌을 바닥에 굴리는 소리가 다시 들려왔다. 이 모든 것들이 이곳 아파트의 완전한 소리가 되었다.

어디선가 오래된 쌀 봉지에서 쌀벌레인 바구미가 기어 다니며 더듬이를 부딪치는 미세한 소리도 들려왔다. 방충망을 연 적도 없는데도 불빛을 찾아 들어온 노린재는 며칠 전부터 바스락거리다가 다시 벽지에 툭툭 몸을 던졌다. 그 소리조차 이곳이 여름의 한가운데라는 것을 알려주는 것 같았다. 어둠에 잠긴 창가에서 남편이 걸어오는지 보려고 밖을 내다보았다. 그는 평소 밤 9시면 집으로 들어왔었다. 아주 오랜만의 감정이었다. 남편을 기다리는 것. 지금 이곳에 없다는 것이 희미하게나마 부재의 존재감으로 다가왔다.

드릴로 어딘가를 뚫는 소리가 다시 들려왔다. 사실 몇 주 전부터 드르륵거리는 전동 드릴 소리를 들어왔는데, 조금씩 들리다가 이내 그 소리는 사라지고 말았다. 여름이니 문이 열린 집 안이라 그 소리는 더욱더 크게 들렸다. 그러다 다시 밀린 숙제 하듯 드릴 소리가 들려왔다.

찔끔거리지 말고 한 번에 속 시원히 구멍 뚫지, 어지간히 신경 쓰이네.

며칠 전 남편은 짜증을 내며 천장을 올려다보았다. 남편은 텔레비전의 소리를 무음으로 줄여놓고 야구 경기를 보고 있었다. 환호성도 야구 배트의 적절한 타격음도 없는 조용한 세계였다. 선수들이 치고 달리는 모습을 소리 죽여 보니 어째 그냥 춤추는 듯한 몸짓 같았다. 남편은 이렇게 소리를 낮추거나 고요한 세상에 빠져 있기를 좋아했다. 드릴을 쓰는 누군가는 어쩌면 나사못 하나하나를 꼼꼼하게, 시간차를 두고 박아야 할 일이 있는지 모른다.

미안하니 조심스러워 그러겠지. 그러려니 하고 신경을 꺼두던가.

남편에게 말했다. 시끄러운 소리를 듣기 힘들어하는 남편은 돌아누웠다. 귀가 예민하다거나 청각에 문제가 있는 것은 아니었지만 남편은 유난히 소음이나 성가신 신호음에 고통을 받았다. 저 위층에 한번 올라가 봐야 할까 봐. 천천히 돌아누우며 중얼거렸지만 나는 남편이 그곳에 가지 않을 거라는 것은 알고 있다.

어찌하든 뭘 시작하려고 벌여놓은 일은 마쳐야 하

지 않겠어. 천천히 하든 빨리 하든. 못을 박고 벽을 뚫고 액자를 걸든 말이야.

그러자 나는 어딘가에서 들려올 드릴 소리에 조마조마했다. 더 오래 기다리다가 나 또한 진이 빠질 지경이었다.

식탁 위에 수박을 씻어 두고 저녁으로 간단한 샌드위치를 만들어 먹었다. 저녁나절 마트에 나가 굳이 수박을 사 들고 온 것은 아침나절 남편의 재촉 때문이었다. 늦어서인지 배달기사가 배달을 해주지 않았기에 무거워도 어쩔 수 없이 들고 왔다. 배달을 해주지 않는 대신 수박은 파격세일 중이었다. 서둘러 수박을 사려는 사람들이 몰려들었다. 무거운 수박을 안고 땀을 흘리며 꽤나 걸어왔다. 수박을 꼭 껴안고 걸어오자니 갑자기 수박화채를 해 먹던 어린 시절 얼음을 사러 갔던 기억이 떠올랐다. 청춘이 아깝다는 말은 수박을 먹는 내내 들었다.

수박을 너무 싫어했어. 한 십오 년 넘게 그랬어. 아주 보기도 싫었지. 수박이. 그런데 언제부턴지 바뀌었어. 여름에 수박을 먹지 않으면 제대로 여름을 보낸 것 같지가 않아. 그게 무슨 이유냐 하면 내 마음이 바뀐 것을 알게 된 것이지.

지난해 남편은 친구들과 계곡에 놀러 가서 사람들과 모인 자리에서 그렇게 말했다. 자신이 왜 그렇게 수박을 싫어하다가 이제 좋아하게 됐는지. 나는 처음 듣는 말이어서 남편의 얼굴을 쳐다보았다.

수박은 죄가 없거든. 수박은 잘 익어 있는데 사람이 고르지를 못한 거야. 잘못 고르고 덜 익은 걸 쪼개 놓고 돈이 아깝다고 그러지. 나도 예전에 수박이 불운을 몰고 왔다고 생각했지. 그게 결국 내가 잘못 살았던 거야. 고집스럽고 앞뒤 꽉 막혀서.

남편의 이야기에 친구들이 무슨 소리인지 눈을 껌벅거렸다. 이렇게 이상하게 말을 꼬아서 하는 사람이 어디 있나 하는 눈빛이었다. 그날 남편이 그나마 가장 가깝게 친분을 유지하고 있는 등산모임 친구들에게 단언했다. 이제 뭔가를 좋아하는 것을 감추지 않겠다고. 남편과 나는 지난해 처음 부부 모임으로 함께 계곡에 놀러 갔었다. 남편의 친구들은 몇 달에 한 번씩 등산모임을 가졌다. 술에 살짝 취한 남편의 말은 비장했지만 친구들은 그냥 웃어넘겼다. 민박집에서 고기를 구워 먹고 수박을 잘라 먹고 밤새 맥주를 마시고 노래를 불렀다. 친구들 모두 여름엔 수박이지 하며 남편 앞에 빨간 수박을 더 내주었다.

남편의 그 이야기 이후 나는 대책 없이 당한 그 일을 떠올렸다. 그것으로 남편은 지금껏 사람에 대한 믿음을 쉽게 갖지 못하고 언제나 멈칫하고 두리번거리고 있었다. 바로 남편의 육촌 형에게 해준 연대 보증이었다. 수박을 사 들고 신혼집에 찾아왔던 육촌 형 부부, 그 밤의 손님이 떠올랐다. 많고 많은 날들 중에 하필 더운 여름밤에 수박을 사 들고, 늦었지만 우리들의 결혼을 축하하고 싶다며 찾아온 친척이었다. 바쁜 여행 중에 들렀다고 말하던 그들은 그렇게 하룻밤을 자고 떠났다.

냉커피를 한 잔 마시고 식탁을 정리하고 나는 바싹 마른 수건과 세탁물을 정리했다. 주문받은 뜨개질감 도안을 보며 꼼꼼히 뜨려 했다. 하지만 그러기에 거실의 전등이 너무 어두웠다. 집 안을 서성이며 쓰지 않은 전등을 찾아보았다. 하지만 있을 것 같지 않았다.

잠깐 식탁이 흔들리다가 수박이 굴렀다. 손을 놓친 순간 탁자 위에서 아래로 떨어지며 금이 가고 순간

터져버렸다. 벽을 타고 오는 드릴의 진동 때문이었을까. 드릴 소리는 아주 짧은 순간 드르륵거리다가 다시 멈추었다. 엎드려서 터진 수박을 주워 들었다. 잘 익은 수박이 향을 풍기며 갈라졌다. 바닥에 수박 물도 흥건했다.

머칠 전부터 겨우 못 두어 개를 박는 듯하다 멈추고 다시 또 들리더니만 도대체 언제 이 드릴 소리가 끝날지 모른다. 어디를 손보는 것일까 싶었다. 오후 8시가 넘는 시간이고 드르륵거리며 돌덩이를 타일에다 문지르는 소리가 들려오는 것은 더 참을 수가 없었다. 타일 바닥을 무엇으로 문지르는 것일까. 아니면 운동기구를 사용하는 것일까. 무엇보다 이 소리들이 정확히 바로 위층에서 오는지 아닌지 알 수 없기에 나는 위층에 올라가 항의할 마음조차 내지를 못했다. 조각으로 갈라진 수박을 씻어 냉장고에 넣고 나는 더운 몸을 씻었다.

아침에 남편은 오랜만에 면도를 하고 직접 다리미로 셔츠까지 다렸다. 도대체 얼마 만에 제대로 씻고 면도를 하고 외출을 하는 것인가. 어디로 간다는 건지 묻지 않았다. 물어볼까 하다가 어디에도 초대받지

118

않은 남편이 그냥이라고 말할 듯해서 그저 지켜보았다. 남편이 실직을 하고 두 달이나 지난 뒤에야 일을 그만둔 것을 말했을 때 나는 놀라지 않은 척했다. 그러나 분명 남편은 그만두었고 자신이 이제 어떤 종교단체의 책자를 출판하는 출판사에 가볼까라고 말했다. 지난 육 개월 내내 실직한 상태였던 남편은 집 안에서 야구중계나 골프중계를 보았다. 자신이 빈둥거리는 것처럼 보인다는 것을 모르지 않을 것이다. 그러기에 남편은 집 안에 있으면서 바쁜 척했다. 지겨울 만한데도 지겹지 않은 척했고 함께 있는 내가 자신을 보고 있는 것을 알면서도 모르는 척했다. 우리는 서로 외면하며 보지 않는 척해야 했다. 서로 뭔가 할 일을 계획적으로 미루고 있는 듯 보이도록 주도면밀하게 질척거렸다.

때로 남편은 하루 종일 누워서 이리저리 전화를 하거나 카톡을 하거나 책을 주문하기도 했다. 그러면서 남편은 맹렬한 식욕을 보이기 시작했다. 가끔 구청이나 구직 사이트에서 열리는 창업지원 박람회 등에 다녀오기도 하고 사람들과 만나고 돌아오고 나면 냉장고를 열고 뒤적거렸다. 밖에서 저녁을 먹고 와도 꼭 집에서 야식을 챙겨 먹었다. 마치 이곳에 자신의 냉장고가 있음을 여실히 알리고 싶은 듯했다. 남편은 다리미질을 하면서도 달고 시원한 수박을 먹고 싶다고 말했다.

어찌하든 아침밥 든든히 먹이고 출근시켜라. 다른 거 다 몰라도 밥 하나는 잘 먹여라. 결혼은 서로 좋은 것을 먹도록 해주는 거다. 뭐 먹고 싶은 게 있는지 자꾸 알아봐라. 굶으면 사달이 난다. 네 시아버지도 그랬다. 굶으면 남자들은 사납게 변하지. 하긴 밥 굶는 것보다 술이 고픈 거를 더 못 이기는 사람도 있다만. 줄수록 얻게 된다.

결혼 후 시어머니가 해준 말이었다. 남편은 여름 저녁 수박을 잘라 먹는 평범한 다른 집안의 사람들과 닮아가고 싶었는지 모른다. 시끌벅적한 야구방송을 보면서 잘 드는 칼로 자른 수박을 먹고 오늘 하루를 마무리하는 삶. 어찌하다 연장전까지 간다 해도 마지막 누군가 이기고 지고 승률이 정해지는 마무리를 원했는지 모른다.

어디 가? 오늘은. 이 여름에 옷까지 다려 입고. 여자는 남편을 바라보았다. 하지만 꼭 대답을 들어야 하는 말이 아니었고 남편도 말하지 않았다. 언제나 꼭 해야 하는 말은 다 못하고 남겨두었다. 그것을 남편도 알고 있었다. 그러기에 서로의 말들은 칼을 쓰듯 아슬아슬했다. 정말 일을 하지 않고 언제까지 있을 거냐는 물음을 침묵으로 넘겼다. 남편을 배려한다는 그 침묵은 남편이 보여주는 조용한 야구경기 관람과 맥락이 같았다. 오직 그가 느낄 무안함을 빼고 말하자는 것이다. 그러다 보니 어느 사이 남편과는 더이상 할 수 있는 말이 없어졌다. 더운 날씨에 다리미에서 나는 단내가 훅 코안으로 들어왔다. 다리미질을 하는 남편은 땀을 쏟고 있었다.

어딜 가는 거야, 라는 물음은 어디 갈 데도 없잖아로 들리게 될 것 같아서 나는 입을 다물었다. 그리고 알았다. 언제부턴가 남편과 손을 맞잡은 적이 없다는 것을.

저녁 늦게 올 거야. 더 늦어진다면 전화할게. 그리고 수박은 꼭 사두라고.

이전에 남편에게 새로 일할 것을 제안한 전 직장의 부장이 남편과 어딘가에서 술잔을 기울이는지도 모른다. 남편은 다른 건 무신경해도 흰 셔츠만은 꼭 다려 입었다. 비록 다림질이 필요 없는 구김 가지 않는 셔츠라 해도 남편은 주름이 없는 깔끔한 옷을 좋아했다.

혼자서 저녁으로 샌드위치를 먹고 쓰레기를 치우고 오다가 달을 보았다. 덥고 열기로 가득한 밤하늘에 하얀 달이 떠오르고 팔월의 더위에 여전히 정신이 멍해지는 것 같았다. 맥주 한 잔을 따르고 냉장고에서 수박을 꺼냈다. 잘게 썬 다섯 조각을 먹어 치우고 또다시 칼을 들어 수박을 잘랐다. 불운은 아무렇지도 않게 평범한 하루 속에 들어왔다.

드릴 소리가 다시 들리더니 어디선가 다투는 고함소리가 함께 들려왔다. 여자의 외마디 소리에 남자의 소리가 섞였다. 10층 아파트 저 아래 풀섶에서 들리는 고양이 울음소리는 없어졌다. 다투는 두 사람의 목소리는 마치 두 덩이의 돌덩이가 서로 엉켜 굴러다니는 소리 같았다. 거대한 돌로 된 두 덩이의 맷돌이 어처구니없이 삐걱거리며 돌고 있는 것처럼. 그들은 사소하게 애정을 확인하느라 싸우고 있는 연인이거나 이제 막 서로의 무심함과 냉정함을 발견한 부부인지 모른다. 아니면 드릴로 못 하나 박고 액자 하나 벽에 거는 것에서 서로가 다른 취향을 가진 것을 욕하고 있는지도. 그런 뒤 그들은 헤어지게 될까. 아니면 서로 죽일 듯이 미워하고 고함지르다가 다시 저녁밥을 먹으러 식당을 찾아 나설까.

며칠 전에도 남편은 냉장실을 뒤지다가 냉동실 손잡이를 잡고 열어둔 채 여기저기 비닐봉지를 쑤셔대기도 했다.

뭘 찾아요? 있으면 어련히 내가 줄 텐데 그래요? 수박이라면 며칠 뒤 살 거야.

그렇게 말하고 국그릇에 머리를 숙이며 남은 밥을 말아 먹었다. 결혼 후 이십 년의 시간이 지나고 나자 남편이 냉장고 뒤지는 일이 잦았다. 남편이 냉동실에서 꺼내 본 봉지들은 기껏해야 버리기 아까워 넣어둔 들깻가루나 오래된 쌀가루 혹은 오래전에 두고 잊어버린 냉동만두나 마른오징어 따위였다. 그러면서 아쉬운 듯 남편은 냉동실에 굳어 있는 봉지 속의 흰 덩어리를 들어 올렸다. 흰 덩어리는 응고된 두부 같기도 하고 백설기 같기도 했다.

그건 녹여도 먹을 수 없어요. 그냥 둬요.

남편이 그 흰 덩어리를 만지는 것을 보고 나는 소리쳤다. 그런 뒤 남편은 등을 돌려 거실에 비스듬히 드러누워 텔레비전을 보기 시작했다. 소리를 줄여 놓고 야구경기를 아무런 열정도 없이 보고 있었다. 무음. 남편의 하루하루는 음소거된 텔레비전 화면 속의 야구경기 같았다. 화면에 가득한 야구경기는 소리를 줄인 채 바라보니 어떤 기계적인 프로그램처럼 화면에서 지나가고 있었다. 단 세 번의 스트라이크, 그 순간에 쳐내지 못하면 아웃이 되어버리는 철저하게 계산된 타율. 야구를 잘 모르는 사람에게는 그것은 지루하고도 신기한 운동경기일 뿐이었다. 치밀한 전략 위에 쭉 뻗어가던 공이 아웃되는 순간 모든 게 끝나버리는 것. 운이 없다면 모든 건 허물어지기에 운을 만들기 위해 야구 선수들이 치고 달리고 있는 것 같았다.

남편이 들춰보던 흰 덩어리를 새삼 냉동실에서 다시 꺼내 보았다. 그건 어머니 장례식에 나왔던 돼지고기 수육이었다. 흰 덩어리로 굳은 꽤 많은 고기 수육은 비닐에 꽁꽁 싸여 냉동실 한구석에 자리 잡았다. 삼 년 전 어머니가 돌아가시고 장례식장에서 싸 들고 온 남은 돼지수육이었다. 어머니가 나눠준 마지막 음식처럼 느껴졌기에 그냥 버릴 수가 없었다. 냉동실 속에서 수육은 얼어붙은 채 점차 고기의 결이 뻣뻣해졌다.

두 곳을 드나들며 두 여자를 아내로 두었던 아버지

로 인해 사랑과 미움으로 천국과 지옥을 넘나들었을 인생. 아버지는 원래 결혼을 한 번 한 남자였고 타지에서 어머니를 만나 전축수리공을 하며 살게 된 것이었다. 첫 아내를 떠난 이유는 알 수 없었다. 또한 어머니와 살면서도 전 부인과 끝내 이혼을 하지 않은 이유도 알 수 없다. 그저 그 첫 부인이 병으로 일찍 세상을 떠난 후에야 어머니는 아버지의 아내가 될 수 있었다.

냉동된 그 수육 덩어리를 꺼내 보았다. 그 속에 어머니의 말들이 굳어 있기라도 한 듯 말을 섞어 보았다. 그날 어머니의 장례식에서 아들의 부축을 받으며 한 노부인이 찾아왔었다. 노부인은 네 어머니가 고생이 많았다고 말했다.

오래전 너희 집에 가서 놀기도 했는데 이렇게 다들 떠나는구나. 네 엄마를 웃게 하려고 그리 밤마다 놀러 갔었단다. 네 아버지는 밖으로 참 많이 돌았지. 네 엄마가 탕약을 들이켜고 독하게도 애 하나를 떼버렸다는 거 아무도 모를 거다.

노부인은 그때는 왔던 여름밤의 손님들 중 누구였을까? 멋진 옷을 입고 여름 샌들을 신었던 그 사람들은 이제 기억나지 않는다. 내게는 그지 수박을 먹으며 그들이 웃음을 터트리며 놀았다는 것만 떠오른다. 어머니의 죽음과 함께 태어나지도 않은 나의 동생이 되었을 아기에 대한 이야기는 나에게 와닿지 않았다. 그때는 그런 위험한 낙태가 흔한 일이었어요. 나는 중얼거렸다. 그 오래전 밤에 찾아들었던 그 낯선 방문객들, 어머니의 친구들은 이제 냉동된 장례식의 수육덩어리처럼 기억 저편으로 굳어져버렸다.

남편에게 전화는 걸려오지 않았다. 그러고 보니 옷을 다려 입고 아침에 나간 이후 남편과는 연락이 되지 않았다. 아침에 남편을 향해 좀 더 물었어야 했다. 대답을 듣고자 한 것은 아니었다. 언제부턴가 남편은 자신이 집 안에서 붙박인 나사못 같다고 중얼거렸다. 그러나 몇 번이나 전화를 해도 남편은 받지 않았다.

남편은 언제 들어올까? 툭 식탁 위의 전등까지 희미해지더니 불이 나가버렸다. 밖은 훤하게 빛으로 가득한데 부엌마저 어둡다. 전등이 나가버린 이 집에서 내일이라도 냉장고를 옮기고 식탁을 처분하고 어딘가로 이사하는 상상을 해보았다. 집을 내놓고 어딘가 근교 작은 집으로 이사를 한다면 당분간 숨통이 열릴지 모른다. 작은 텃밭이라도 있다면 그런대로 생활비를 절약할 수 있을까. 이사를 한다면 냉동실에 든 오래된 돼지수육 덩어리는 버려야겠지. 이렇게 오래 이 아파트에서 살았던 것은 어쩌면, 오래전에 아이를 낳는다면 이 근처의 학교를 보내거나 친구들과 어울리기 좋을 거라고 생각했기 때문이었다.

아이를 갖기가 어려웠다. 이제 마흔넷을 넘겨버렸고 아이를 양육하는 것보다 스스로를 보듬기에도 어려워지는 시간이 된 것 같았다. 구멍을 내는 드릴이 아니라도 이 집이 소리 없이 무너질 수도 있을 것을 언제부턴가 알게 되었다. 전등을 사러 가려고 지갑을 챙겼다. 현관 밖이 어수선하더니 누군가 현관문을 두드렸다.

저 위층에 사는 사람입니다. 혹시 제 아내가 여기와 있지는 않나요.

샌들 차림의 위층 남자가 서 있었다. 그러고 보니 그는 얼마 전 인사를 하러 자신의 아내와 함께 문을 두드리고 온 남자였다. 드릴을 가지고 있던 이였다. 그날 초인종 소리에 문을 열자 현관 밖에서 인사를 하며 한 젊은 여자가 반으로 자른 수박을 쟁반에 들고 있다가 내밀었다. 전동 드릴을 들고 있는 한 남자는 수박을 든 젊은 여자 뒤에 서 있었다. 새로 이사

온 신혼부부라고 했다. 그동안 아파트 내부공사를 한다고 꽤나 소란스러웠던 것을 떠올렸다. 여자에게서 수박을 받은 나는 전동 드릴에 관심이 갔다. 하마터면 그것을 좀 빌릴 수 있을까요, 라며 위층 남자에게 말할 뻔했다. 무얼 어떻게 할 작정도 아니면서 갑자기 그런 호기심이 생겼다. 위층 여자는 쟁반은 천천히 돌려줘도 된다고 말하며 웃었다.

그날 나는 혼자 수박을 먹었다. 행복해 보이는 부부라고 생각하며. 수박은 보기보다 달았다. 남길까 하다가 마지막 한 조각까지 다 먹어치웠다.

그때 왔던 그 신혼부부였다. 그 남편이란 이가 지금 문 앞에 서 있다. 어찌하여 이곳에 와서 자기 아내를 찾는 걸까 싶었다.

여기에 오지 않았는데요. 전화는 해봤나요?

위층 남자는 조금 넋이 빠진 얼굴로 어두운 현관과 거실을 슬쩍 훑어보았다. 조금 말다툼하다가 그만 밖으로 나가버렸다고. 아내는 이곳을 몇 번이나 이야기했다고 그랬다. 위층 남자가 계단으로 내려가 버리자 조금 두려워졌다. 혹시 다른 누군가의 집을 또 두드려 아내를 찾아보는 걸까. 어쩌면 저 남자는 자기의 아내를 엉뚱한 곳에서 찾고 있을지도 모른다고 여겨졌다.

전등을 사러 가야 했다. 집은 너무 어둡다. 거실등과 식탁등까지 다 나가버렸다. 방 안의 벽에는 못 하나 박혀 있지 않았다. 일부러 흠집을 내기 싫어서 이사 오고 난 이후 구멍을 내지 않았던 거다. 그동안 벽에 아무것도 걸어보지 않고 십 년을 살았다. 그 사이 아이를 유산하고 한동안 우울증을 앓았다. 그때 이 집은 답답한 벽일 뿐이었다. 이후 좀처럼 아이는 생기지 않았다. 결혼하고 전셋집을 두 군데 돌다가 이곳으로 이사했다.

좀 더 빨리 이사 올 수 없었던 것은 남편이 육촌 형이란 사람의 연대 보증을 섰기 때문이고 보증으로 삼천만 원의 돈을 날려버린 탓이었다. 그런 시간이 지나갔다고 하지만 다시 생각해도 힘겨운 날들이었다. 그리고 이곳으로 이사를 와서 대출금을 갚는 데도 십 년이 걸렸다. 벽에 거는 시계는 거실 바닥에 세워놓았다. 생각 같아서는 벽에다 무수한 구멍을 뚫고 무언가를 걸어두고 싶었다. 아이 사진을 걸고 고급스런 벽시계를 걸고 가족사진 액자를 걸고 싶었다. 하지만 앞으로 이제 뭘 걸어야 할지 떠오르지 않았다.

알 수 없는 일이다. 위층 남편은 세 아내를 어떻게

했을까. 혹 때리기도 하고 물건을 부수기도 하고 화를 내고 그랬을까. 이사를 오자마자 어딘가로 가버린 제 아내를 찾아서 위층 남자는 어디를 찾아가는 건가 싶었다. 집 안이 고요할수록 밖에서 들려오는 소리와 아래로 계단을 걸어 내려가는 위층 남자의 발소리가 더욱 크게 들렸다. 처음 단단한 못에 악착스럽게 무언가가 달아두려 하는 이들은 아주 잠깐 행복할지 모른다.

　그때를 떠올리면 그 벽의 못이 떠오른다. 못에 걸어둔 주름치마를 잊어버리고 갈 만큼 육촌 형 부부의 마음은 급했을 것이다. 그날은 월드컵 경기가 있던 밤이었고 결혼하고 처음 맞은 여름이었다. 주먹으로 쿵 치면 벽이 스르르 무너질 듯 허름한 방 두 개짜리 연립맨션인 좁은 신혼 방에 누군가 찾아왔었다. 남편의 먼 친척인 그는 얼굴을 잘 알지 못하는 육촌 형이었다. 그 전날에도 남편은 일을 마치고 축구경기를 보느라 새벽을 넘긴 상태였고 에어컨도 없이 작은 선풍기가 돌아가던 그 방 안의 온도는 높았다. 남편은 그들이 내미는 서류에 어쩌다가 도장을 찍었을 것이다.

결혼 이후 너무 쉽게 불운에 빠지는 일이 일어났었기에 어디에서든 나는 그 실마리를 잡아채고 싶었다. 그래서 어두운 밤 한가운데에서 자주 중얼거렸고 남편에게 물었다.

그 수박은 당신 육촌 형이라는 사람이 가져왔었어. 우린 그 수박 한 덩이에 혹 빠져서 결혼한 지 일 년도 되지 않은 우리가 그 보증을 섰잖아.

그때의 수박을 다시 맛본 듯 쓴맛이 입안을 감돌았다.

자기 손으로 도장을 꾹 눌러 주었잖아. 귀신에 씌었나. 도대체 어떻게 그렇게 되었지.

그랬었나. 내가? 남편은 고개를 갸웃거렸다. 아무리 해도 대책 없는 일이었다. 여름날 밤 지친 듯한 육촌 형 부부가 벨을 누르고 문 앞에 서 있었다. 반갑지 않았지만 그렇다고 내칠 수도 없었다. 그들은 우리의 결혼식 때 하객으로 오지도 않았었다. 결혼식에 참석할 수 없었기에 여행 중에 생각나서 소식을 물어 수박을 사 왔다고 했다. 남편은 집 앞 슈퍼로 가서 찬 맥주와 안주를 사 왔다. 맥주를 마시고 수박을 먹고 점차 허물이 없게 여겨졌다. 땀으로 쩍쩍 달라붙는 윗옷을 벗어 그들은 선풍기 바람에 말렸다. 형수는 내가 서랍에서 꺼내준 편한 옷으로 갈아입고 더워 보이는 줄무늬 치마를 벽에 걸어두었다. 그들은 마치 어딘가를 떠돌다가 온 듯 보였지만 나름 예의를 차리는 듯도 했다. 하지만 마지막 한 패를 쥐려는 사람들처럼 표정은 서늘했다.

수박을 먹고 난 후 그들이 어려운 사정을 이야기하자 남편은 선뜻 보증을 서주겠다고 말했어. 우리는 그때 보증 선다는 게 그렇게 위험한 건지 몰랐으니까. 겨우 직장이 있다는 거 하나만 믿고, 잠시 후 꼭 갚을 거라는 말만 믿고 다음 날 두 사람은 함께 나갔지.

돈 삼천만 원을 연대 보증 서고 도장을 찍고 남편은 그렇게 그들에게 도움을 주고 싶어 했다. 그때 보증 선 돈을 갚기 위해 몇 년 동안이나 힘들게 일했고 절약해야 했다. 그 후 그들은 어디로 갔는지 알 수도 없이 사라졌다.

길이 이렇게 멀 것이라 생각하지 않았는데 결혼생활은 어쩐지 너무 어두운 밤길을 걷는 것만 같았다. 더듬거리며 남편은 지금 일부러 빙 돌아오는 것은 아닐까 싶었다. 그때 이후로 남편은 수박을 싫어했는지 모른다. 어릴 때 그렇게도 좋아하던 수박인데 나도 수박을 보면 그랬다. 그 수박이 몇 년 동안이나 우리를 얼마나 괴롭혔는지.

　어머니는 나를 보고 수박귀신이라고 했다. 자다가도 일어나 먹었다고. 하지만 이미 오래전에 수박 때문에 가슴 칠 일이 있을 것을 이미 알고 있었을까. 이후 어머니는 늙어서 이가 약해지고 시려지면서 여름에 차가운 수박은 그냥 보기만 할 뿐 덥석 먹지 못했다. 그렇게 총기 있던 어머니는 자식을 낳을 때까지 어쩌면 그렇게 한 번도 아버지가 결혼한 남자라는 것을 알지 못했을까. 하긴 알았다 하더라도 어쩔 수 없어 모르는 척했는지도 모른다.

　갑자기 어둠 속에 홀로 서 있는 느낌이 들었다. 작은 식탁 위에 미약하게 흔들리며 곧 미끄러질 수박처럼 어지러웠다. 남편은 언제 돌아올 건가. 현관문을 열고 밖으로 나가보았다. 전등을 사러 갈 거라고 중얼거리며 지갑을 챙기고 휴대폰을 챙겨 나왔다. 위층 부부인 그들은 다시 집으로 돌아갔을까.

　어떤 소리가 나는지 싶어 계단을 따라 위층으로 가보았다. 그 현관 앞에서는 아무런 소리도 없었다. 계단에 잠시 켜진 진등 불빛만이 밝았다가 다시 어두워졌다. 더듬거리며 나는 다시 아래층으로 내려가 보았

다. 어디로 갔을까. 다시 한 층 더 아래로. 그러다 내
가 누구를 찾는 건지 싶어 자꾸 계단을 따라 내려가
어두운 문 앞에서 귀를 기울였다. 어쩐지 내가 찾는
사람은 그 어디에도 없을 듯했다. 그래도 계단을 내
려가며 허둥지둥 나는 슈퍼 쪽으로 향했다.

노란
등

부두 근처에 오면 생나무에서 피어오르는 기름 냄새가 났었다. 불길에 검게 그을린 듯 번질거리는 검붉은 통나무들이 그곳에 무더기로 쌓여 있었다. 오래전 오직 이 부둣가에서만 맡을 수 있던 원목나무의 냄새는 비 오는 날이면 더욱 짙었다. 아주 멀리 보르네오의 열대우림 숲에서 이 나무들은 온다고 했다. 인도네시아. 자카르타. 보르네오. 기름에 절어 번들거리는 원목들이 보르네오섬 깊은 숲에서 베어져 먼 항해를 마치고 이곳 제3부두 부근의 빈 공터에 부려져 있었을 때, 그때 나의 아버지는 다시 원목을 싣기 위해 동중국해를 지나고 있었을지도 모른다.

 원목은 이곳 부두 근처의 황량한 공터에서 오래 부려진 채 몇 날, 몇 달을 보내다가 다시 부둣가 철로를 따라 화물열차에 실려서 어디론가 다른 곳으로 옮겨졌다. 그날이 새벽인지 깊은 밤인지 알 수 없지만 이불 속에서 뒤척이던 나의 숨 쉬는 소리가 고요해지던 어두운 밤. 부둣가 철도 레일 위를 지나가는 규칙적인 소리에 실려 원목들은 옮겨졌을 것이다. 강원도나 경북의 공장지대로. 그리고 기차 소리와 원목 냄새와 기름의 흔적이 바로 부둣가의 아이들이 최초로 본 풍경일 거다. 원목나무의 기름 냄새가 익숙한 아이들. 철로를 건너 작은 학교로 이어지던 부둣가 기차 레일 위로 검은 기름 흔적들은 뚜렷했다. 화살표처럼 그것은 바다 끝으로 이어져 있었다.

　그때 그 부두의 담벼락에는 알 수 없는 영문자로 어떤 금지의 가위표시가 그려져 있었다. 몰래 담을 넘어 배에 선적한 물건들을 빼돌리는 밀수꾼들을 뿌리 뽑기 위해 그렇다는 얘기를 듣고 난 뒤 오래도록 나는 그 가위표를 떠올렸다. 이후 공포 영화 속에 출연하는 전기톱 사나이가 가진 성능 좋은 전기톱을 보았을 때도 그 담벼락 위를 감은 철조망과 가위들을 떠올렸다.

　밀수꾼들이 배에서 빼돌리는 물건들은 작아도 값진 것들이 많았다. 시계나 옷감이나 화장품 같은 것들. 또 누구도 본 적 없는 이방의 땅에서 온 원석 같은 것도 있었다. 모두가 소문이었지만 그런 것으로 한몫 잡은 사람들이 있기도 했다. 어쩌다 가끔 원목을 통째로 도둑맞은 이야기나 화물선에 숨어든 밀항자의 이야기가 있기도 했다. 또 무수히 들고 들어오던 희귀한 열대 식물 속에 이름 모를 독이 있다는 소문도 있었다. 그러나 지금 그 모든 것들은 어쩌면 기억하지도 못할 어떤 어슴푸레한 형체에 대한 이야기들인 것만 같았다.

그럼에도 우리는 그 부둣가로 가끔 놀러 가기도 했다. 바다를 낀 도시인 이곳에서 부두는 조금 오래 걷기만 한다면 언제라도 닿을 수 있었다.

"오늘 학교 마치고 네 시 반에 모여. 정발 장군 동상 앞에서 만나자. 부둣가에 이상한 외국 배가 들어왔단다. 아주 크고 넓어서 배 위에서 축구를 해도 될 만큼 큰 배 말이야."

늘 배에 큰 관심을 보였던 이 애가 배를 이미 다 본 것처럼 허풍까지 치고 있었다. 학교 안에서는 좀 어리숙해 선생님께 늘 혼이 났던 그 애. 공부를 잘 못해서이기도 하고 책상 위에 걸터앉아 딱지치기하다 걸리기도 했지만 무엇보다 집에 부모님이 안 계시다는 것이 매를 벌게 한 것이다. 그 애 할머니가 싸준 도시락에 박힌 검은콩처럼 얼굴에 점이 많던 정완이는 배라면 딱지를 치다가도 고개를 번쩍 들고 관심을 보였다. 그렇기에 그 애는 이 부두 탐방 멤버의 주축이었다. 또 한 애는 한 학년이 높은 육학년으로 길거리에서 늘 뭔가를 수집하고 다니던 애였다. 신기한 간판이나 고물상에 버려진 철제 물건들. 놋쇠로 만든 손잡이들이나 반짝이는 수정구슬 같은 그 모든 것들. 그렇기에 육학년 세근이는 언제나 하루에 한 번 정도는 부둣가에 가서 정박해 있는 배와 그 부근의 건물들과 물건들을 한 번씩 손보고 다녔었다. 하지만 세근이야말로 그때 우리 동네에서 알아주는 부잣집 아들이었고 그 집은 보기 드물게 지프 자동차를 가지고 있었다. 그래도 그 애의 수집벽은 대단했다. 가방 속에도 늘 주운 물건들이 있었으니까.

나는 좀 애매했다. 오직 이들과 한 팀이 되어 걸어서 삼사십 분이나 걸리는 이 부둣가로 가는 이유를 나는 알 수 없었다. 여자애인 내가 한 팀이 된 것은 아마도 정완이 할머니가 이 동네 오래된 시장에서 두부를 팔았고 어머니가 자주 내게 두부를 사 오라며 심부름을 보냈기 때문이었을 거다. 두부를 사러 다니다가 처음 정완이를 따라 부두로 간 날. 그 애가 보여준 것은 자신의 깨진 무릎이었다. 여름날 철망을 오르다 넘어져 무릎에 피가 비쳤는데도 그 애는 무덤덤했다. 그때 부두 옆 창고를 지나는 길에 개망초가 키 넘게 자라는 공터가 있었고 그곳에 산더미처럼 쌓여 있던 나무들을 보았다. 늘 보수공사를 하던 우리 학교의 운동장에 부려놓은 모래처럼 원목들이 부려져 있었던 것이다.

"저 나무들은 일부러 바다에 빠트려두었다가 이렇게 말린대."

어른처럼 정완이는 내게 가르쳐주었다. 그게 진짜인지 아닌지 모르지만 나는 고개를 끄덕거렸다. 부둣가에서 본 배가 물살에 흔들리고 있을 때면 어디선가 한 번씩 뱃고동이 울렸고 개망초 사이를 헤치고 세근이는 뭔가를 찾으러 다녔다.

그때 그곳에서 마주치는 어른들이 소리를 질러댔다.

"쥐새끼 같은 것들이 어데 겁대가리 없이 눈알을 굴려가며 요런 데 몰려다니노? 이리 돌아다니다가 너거들 뭐가 될지 뻔하다. 요놈들아. 바다에 빠뜨리기 전에 썩 꺼져라. 아니면 옷을 홀랑 벗겨버릴 테니." 그럴 때면 세근이가 가장 먼저 달아났다. 부랑아를 대하듯 유독 험상궂은 얼굴을 하고 우리들을 쫓아 내곤 했던 그 사람은 정작 그곳의 보안요원이 아니었다. 그 또한 철도역이나 부둣가를 돌아다니며 노숙을 하던 이였다. 그때는 막다른 길에 있던 사람들도 모여들어서 하루치 일당을 받으며 일하고 먹고 마시고 그렇게 살았다.

하지만 육학년 세근이도 정완이도 그런 엄포 따위로 부두 구경을 그만두지는 않았다. 나 또한 부두로 가는 탐험을 놓치지 않았다. 그건 아마도 바닷바람과 부두와 창고에서 불어오는 특유의 냄새 때문일 거다. 부두에 정박한 배를 보고 있으면 정완이는 배의 형태와 갑판 위의 모양에 따라 그 배가 어디서 온 것인지 알아내려고 무지 애를 썼다. 배의 이름이 영어로 적혀 있었기에 그 글자를 따라 써보는 것이 정완이가 부둣가를 돌면서 터득한 유일한 영어 공부법이었다. 배는 오래 그 자리에 있지 않았다. 열흘 정도 뒤에 가보면 또 새로운 배가 와 있거나 부두가 비어 있기도 했다.

정완이의 아버지가 일을 찾아 어딘가로 가버리자 할머니는 정완이에게 아버지가 멀리 일본에 갔다고만 말했다. 차차 알게 될 것은 나중으로 돌리고 시간

142

이라도 벌어두자고 생각한 할머니는 정완이의 아버지를 어느 순간 일본에서 빵가게를 하는 사람으로 둔갑시켰다. '네가 공부를 잘하고 있으면 돈 벌어서 배 타고 오실 거다.' 나가사키의 어느 양과자점 가게. 그러나 현실 속의 정완이에게는 두부와 콩나물이 있었다. 일찍 세상을 떠난 어머니 대신 할머니는 두부와 콩나물로 정완이를 튼실하게 키웠다. 돌아오지 않는 정완이의 아버지는 아마도 오래도록 암중모색을 하고 있을지 모른다. 하지만 어딘가에서 무슨 일이든 하고 있을 것이라고 정완이는 믿었다.

"배를 타고 나중에 꼭 바다를 건너가 볼 거다."

그러면 일본에 갈 수 있을까? 배를 타고 멀고 먼 나라로 간다면 어느 곳에서 쉬어 갈까? 우리 동네를 벗어나려면 그래서 멀리 나가려면 배를 타고 바다로 나가는 수밖에 없지. 배가 있어야 바다를 건너가지. 그렇지? 그렇다면 어른이 되어 배를 꼭 타야만 되겠군. 정완이와 세근이는 밑도 끝도 없이 그런 얘기들을 늘어놓았다. 나는 정완이와 함께 배를 타고 나가사키로 가보는 생각을 했다.

멀리서 그 애들의 움직임을 지켜보고 있는 나는 한낮의 햇빛과 부두 길에 반짝이는 철망과 어디선가 축

축하고 눅눅한 기름이 증발하는 듯한 원목들의 냄새 때문에 마치 내가 창고 속에 갇혀서 그 모든 것을 떠올리는 것 같았다. 검은 구두를 신고 흰 양말을 한 번 접어두고 발등 위 단추로 꼭 눌러둔 꽃 장식이 떨어질까 조심스럽게 걸었다. 그래도 그 부둣가 탐방놀이에 내가 빠질 수 없는 것은 나의 책임감 때문이기도 했다. 정완이와 같은 학습 조였던 나는 한 학기 동안 부두에서 하는 일들을 알아오는 숙제를 하고 있는 것이다. 전과를 찾는 대신 우리가 선택한 사회과목 수업이었다.

"여기 배지가 떨어져 있어."

육학년 세근이가 아무것도 찾지 못하고 부두 길을 돌아올 때 정완이가 손에 들고 흔들어 보이던 그것은 군인들의 모자에 박혀 있음 직한 어떤 금속장식이었다. 아주 작고 보잘것없는 그런 금속 배지들을 우리는 마치 전리품처럼 모으고 있었다.

원목을 싣고 오는 그 배를 타게 되었을 때 아버지는 점점 보르네오섬의 원주민을 닮아가듯이 얼굴이 검게 그을렸다. 긴 항해와 무더위. 지루하도록 이어지는 배 안의 일상들. 지나치게 짜거나 맵게 해서 양념

이 과한 음식들. 살이 쪄가고 운동을 하지 않은 다리는 가늘어졌을 것이다. 그러는 사이 초등학교를 마친 나는 정완이와 세근이 그리고 부두와 멀어졌다. 우리 집은 부둣가 부근에서 벗어나 다른 곳으로 이사를 했고 넓고 깨끗한 새집을 가지게 되었다. 해외선원 송출시기와 맞물려 오랜 시간 배를 타온 아버지가 보내온 돈들이 그 모든 것을 가능하게 했다.

"네 아버지 덕분인 줄 알아라. 배를 타는 게 목숨하고 맞바꾸는 일인 거다."

밤에 이부자리에 들 때면 반듯이 누운 어머니가 잠꼬대처럼 중얼거렸다. '너희 아버지는 지금 어디쯤 가고 있을꼬?' 잠이 어렴풋하게 들 때면 어머니는 아버지를 떠올리곤 했다. 그렇게 두어 달에 한 번 아버지에게 편지를 쓰면서 어머니가 중얼거리던 게 떠올랐다. 우리가 잠이 들었을 때도 바다 위를 떠 가는 사람. 그렇기에 나는 편지의 끝마무리에 언제나 길고 긴 인사말을 적어 보냈다.

그러고 보니 아주 어릴 적 내게 과자 선물을 가져왔던 아버지의 친구였던, 유쾌한 한 아저씨의 죽음을 알게 된 것도 밤중의 어머니의 중얼거림 때문이었다.

태풍이 오는 시기인 늦여름에 우리 가족은 늘 바다

한가운데에서 불어닥치는 태풍의 경로를 두려워했다. 누구에게 말하지 않았지만 넓은 태평양 한가운데를 지나는 아버지의 배가 항로를 이탈하지 않고 태풍에 정면으로 맞서지 않기를. 영화 속에서처럼 거센 파도를 이겨내고 배가 침몰하지 않기를. 태풍과 사나운 기후에 휘말려 마치 운명일 뿐이라며 가슴을 치고 눈물짓는 따위의 일들이 일어나지 않기만을 기도했다.

그렇기에 우리 식구들은 늦은 밤 머리를 감지 않았고 물바가지를 엎어놓는 따위의 어리석은 행동을 하지 않았다. 그건 어머니가 믿는 가장 기본적이고 일반적인 물에 대한 미신이었다.

하지만 그 간절함도 아버지가 귀국을 해서 땅을 밟는 순간 다시 실업자로 전락했기에 어머니의 간곡한 바람은 어서 배를 타고 일하러 나가는 것으로 다시 바뀌곤 했다. 끝없는 출렁임. 어디에도 속하지 못하는 선원들의 외로움. 땅에 뿌리를 내리지 못한다는 이상한 상실감이 배를 타고 있을 때나 배를 내리고 다시 출항 일정을 초조히 기다릴 때나 똑같은 압력으로 자리 잡았다. 가라앉을 듯 다시 물에 뜨는 배, 짐을 실을수록 더 힘을 받아 위로 떠오르는 배처럼 선원들의 삶도 그랬을 것이다.

하지만 그 출항을 한 지 얼마 되지 않는 그때, 엄청난 위력의 태풍을 만나 바다에서 조난당한 아버지의 무용담만큼 가슴 서늘한 것이 또 있었을까? 그건 어쩌면 우리 가족의 비극이 될 수도 있었던 이야기였다. 아버지의 배가 어머니가 그토록 두려워하던 그 태풍을 태평양 한가운데에서 만난 사건이었다. 태풍이 올 거라는 타전을 받고 항로를 바꿔서 안전한 지역으로 항해를 하다가 다시 생겨난 예고되지 못한 또 다른 태풍에, 낡고 오래된 원목선이 침몰되었던 거다.

"네 아버지가 입고 있는 옷, 달랑 그것 하나로 그렇게 집에 돌아왔었다. 구조된 그 나라에서 구호물자로 받은 옷이라고."

그렇게 기억되는 그 이야기는 아주 과묵한 아버지의 몇 마디의 말로 방점을 찍을 수밖에 없었다. 태풍을 정면으로 맞아 배에 물이 들어오기 시작했고 한쪽으로 기울어지는 배의 평형을 유지하기 위해 배에 실었던 원목들을 바다에 다 버렸다. 그리고 태풍의 한가운데에서 침몰해가는 배를 두고 구명조끼에 매달려 바다 위를 떠돌았다. 절대 구원이 오지 않을 것 같은 시간이 기름처럼 쩍쩍 흘렀다. 사생결단 오직 구조될 거라고 믿어보자고 이 악물며 기다렸던 순간이 지났다. 조명탄이 환하게 터지고 배의 선원들 전원이 헬기에 실려 무사히 구조되는 것을 보고 난 뒤에야 아버지는 마지막으로 구조 헬기에 올랐다. 그리고 배의 침몰과 선장의 과실에 대한 법적 책임을 조사받는 시간들이 이어졌다.

"헬기의 구명 바구니가 얼마나 좁던지, 줄이 끊어질까 조마조마 어지러웠지."

아버지의 농담은 그것으로 끝이었다. 아버지는 무섭다는 말은 하지 않았다. 사고를 떠올리며 아버지가 한마디 한 말은 '인생은 고단하다'는 것이었다. 바다 위 버려진 원목들이 아까워서이기도 하고 바닷속으로 침몰해가는 낡은 원목선 한 척이 그저 죽음을 앞둔 자신인 것만 같아 안타까워서이기도 했다. 조명탄이 하늘에서 번쩍이기만을 기다리던 그 시간. 물살에 휩쓸려 동료들과 멀어지지 않으려고 단단히 발길질했었던 그 순간에, 그 순간에. 아버지는 무엇을 보았을까?

배는 이미 아버지의 모든 것에 화인을 찍어두었다. 어머니가 아버지의 사주를 들고 점쟁이를 찾아갔을 때 점쟁이는 말했다. 아버지는 오직 배를 타야만 하는 운명이라고. 배가 아니고는 사람 구실을 하며 살 수 없다고.

'네 아버지는 쇠와 물로 이뤄진 사람이란다. 쇠와 물로 이뤄진 배가 바로 네 아버지더구나.' 말 없고 느리고 그렇게 부력으로 모든 것을 건너는 아버지가 그러고 보니 배와 닮았다. 그렇게 배를 타느라 얻은 신경 쇠약은 천천히 심장병을 가져왔을 것이다. 그래도 배를 타고 있는 동안은 점쟁이 말대로 죽을 운이 아니었다. 아버지는 언제나 바다에서 다시 집으로 돌아왔다.

제법 춥다며 자신이 얼마나 오래 감기에 시달려 골골거리는지를 알리듯 늙은 숙모는 전화 속에서 연신 기침을 했다. 한 달 가깝게 인근 동네 한의원에 가서 찜질을 하고 쌍화탕을 먹었는데도 뼛속 마디마디가 아프다고 말하는 숙모는 쉽게 전화를 끊으려고 하지 않았다. 숙모는 내게 또 사촌에 대해 긴 하소연을 하고 싶은 듯했다.

"또 집에 들어와서 제 한 입 먹지 않고 세상일 끊으면 된다고 한 며칠 드러누워 있다. 병이 도진 거다. 무슨 일이 저리 안 되는지. 조상님에게 제사만 오십 년 넘게 지냈는데도 이리 후손을 돌봐주지 않으니, 이제 제사도 고만둬야겠어.”

“일 그만둔 지 얼마나 됐지요?”

묻고 있는데 전화 속에서 희미하게 유행가 소리가 들려왔다. 하루 종일 노래만 듣고 있다더니 그 말이 맞는 듯했다. 얼마 전 그와 어렵게 통화를 한 기억이 났다. ‘앞으로 뭘 할 거야?’ ‘생각하고 있는 뭔가가 있냐고?’ ‘어디 일할 데는 있어?’ 마치 말을 잊은 사람에게 말을 가르치는 언어 교정원처럼 그와 떠듬떠듬 이야기를 나눈 기억이 났다. 한 마디 묻고 빙빙 돌아 겨우 한 마디 답을 찾아내는 그런 문답이었다. 이제 그는 퇴직을 해도 될 나이가 되었다.

“뭔 일인지 자기가 잘못한 건 없다지 않니? 일 나간 그 회사 사장이 그만 경찰에 잡혀갔다지 뭐냐. 불법 유통되는 기름은 갖다 썼다고 회사가 망할까? 기껏 들어간 일자린데 그래서 또 나오게 됐다. 회사가 문을 닫는데 별수 있겠니?”

왜 그렇게 안 되는 일만 골라서 하게 되느냐고 말할 수 없었다. 숙모는 통화하다가 갑자기 훌쩍거리기도 했고 남편 복 없이 박복한 늙은 여자가 자식 덕 볼 일이 무어 있냐며 그런 거 바란 적도 없다고 단언했다. 그래도 이 녀석이 학교 다닐 적에는 공부도 곧잘 하고 좋은 대학도 들어갔는데 그 이상한 연애만 하지 않았어도 저 꼴이 되지 않았을 거라며 훌쩍거렸다. 하지만 그 이야기는 벌써 이십오 년도 지나 삼십 년에 가까운 옛이야기였다. 또 그 이야기는 오래전 친척모임 때마다 마지막 단계에 숙모가 술에 취해 울며불며 해오던 얘기였다.

그러고 보니 몇 번 숙모와의 전화는 늘 마지막에 울음 섞인 한탄으로 끝났다. 내가 울고 있는 숙모에게 위로를 건네려는 순간 전화는 그만 끊어지고 말았다. 든든히 입고 말고 할 것도 없이 요즘 보일러조차 돈 아깝다고 떼지 않는다고 말하며 숙모는 기침소리를 다시 냈다.

"알겠어요. 하지만 요즘이 예전처럼 춥기야 하겠어요?"

그렇게 말이 끊어졌지만 할 말을 다 한 것이 아니었다. 숙모는 가는귀가 먹은 듯 어떤 때에는 늘 되묻는 이야기만 늘어놓다가 또 어떤 순간은 못 들은 척 의뭉스럽게 슬쩍 넘겨버리기도 했다. 정말 귀가 어두운 것인지 정신이 조금 흐려지는 것인지 알 수 없었다. 숙모라고 가깝게 부르지만 사실 그녀는 먼 친척이었다. 숙모의 남편은 서른 후반에 세 아이를 두고 병으로 죽었다고 그랬다.

"젊어서 과수댁이 된 나를 도와준 사람이 네 아버지였지. 네 아버지 해군 제대하고 외국 나가는 배 탄다고 고향 왔을 때 나는 병으로 죽은 규석이 아버지 초상도 못 치르고 있었거든. 그 일이 눈에 사무치게 뚜렷하다. 그때 내 눈을 찔러버리고 싶었지. 이제와 얘기하자면 네 아버지와 우리 규석이 아버지 서로 사촌간이라 처음에 중매쟁이가 내게 소개한 사람은 네 아버지였던 거라. 아무도 모를 거지만 어쩌다 인생이 꼬여서 여기 이곳에 이렇게 되었어."

고기를 잘 구워 먹고 술 한잔까지 마시고 난 뒤 숙모는 사설을 읊듯 이야기들을 줄줄 늘어놓았다. 하지만 그 말은 이제와 할 말이 아니었다.

"아이고. 내가 지금 이런 이야기를 하다니 내가 단단히 맛이 가버린 거라. 팍 죽어버려야지. 오뉴월 장에 애벌레 쉬듯이 내 머릿속에 자꾸 규석이 아버지 병원비 보태준 네 아버지가 떠오르는 거야. 고마워서 생각이 나는 거다. 사촌이면 멀지도 않은 사이인데. 이래 서로 타고난 팔자가 다르니. 내가 늙으니 헛말이 나오는구나."

152

규석의 아버지가 인물이 훤했다는 이야기는 나도 들어 알고 있었다. 그러고 보니 내가 알던 친척들 가운데 이 숙모가 지금까지 아픈 곳 없이 지내고 있었다. 어쩌면 세상살이에 복은 타고나지 않았어도 말 그대로 건강하고 장수할 복은 타고났는지 모른다.

기분이 좀 언짢아지는 것 같았다. 결코 가고 싶지 않은 집이었다. 그 집에 드리워진 음습한 그늘이며 그 집을 둘러싼 낡은 물건들. 문을 열면 이마를 뭉개듯 들어오는 눅눅한 냄새. 이십 년 가까이 변하지 않은 그곳에 늙은 숙모와 그가 단둘이 있을 거라는 데 생각이 미치자 나는 약속한 것을 취소하고 싶어졌다. 그 집안의 육촌 언니는 이미 결혼을 하고 다른 지방으로 떠났다. 공교롭게도 그 육촌 언니들은 모두 배를 타거나 배와 관련된 일을 하는 남편들을 만나 한 사람은 여수에서 또 한 사람은 울산에서 살고 있었다. 가난한 살림 탓에 전문대학을 중퇴하거나 일찍 직장을 가진 육촌 언니들은 결혼과 함께 활달해졌고 돈을 굴리며 거침없이 살게 되었다. 그런 이곳을 내가 두 번이나 찾게 된 것은 오직 나와 동갑인 그 육촌의 상태 때문이었다.

그 집은 강이 끝나고 바다가 시작되는 곳 서쪽 강 부근의 오래되고 낡은 연립주택이다. 어쩌다가 그렇게 썰물이 빠져나가 버리듯 외따로 지어졌을까 싶게 낡고 작은 집이었다. 그 집 창밖으로 바라보이는 곳에 멀리 작은 배 한 척이 눈에 들어왔다. 강어귀 마른 갈대들이 군락을 지어 자라고 있지만 그 풍경이 너무나 멀고 희미해 생동감은 느껴지지 않았다. 그래선지 가끔 마른 강물의 끝자락에서 먹이를 찾느라 넓은 습지를 떠돌며 하루 종일 부리를 박고 있는 습지 새를 보았을 때 나는 가슴이 서늘해졌다. 새에게 있어 순간순간의 탐험은 오직 먹이와 짝을 찾는 데 보내는 행위일 뿐이었다. 새가 보여주는 날갯짓과 구슬픈 울음소리와 털을 갈고 눈에 띄게 아름다운 외양조차도 살아남기 위한 처절한 생태이고 아무런 겉치레가 없는 것이다. 오직 살아가는 것뿐이다.

그리고 마흔 줄 넘어 쉰이 되도록 방랑해온 규석의 몸은 마음의 병과 함께 고인 물처럼 지쳐가고 있었다. 새처럼, 그저 하루 종일 갯벌에서 먹이를 구하는 새처럼. 그렇게 단순하게 하루하루 지내면 될 것을.

"숙진아. 네가 한번만 규석이를 찾아봐 줘. 우리는 너무 멀리 있거든. 복지 시설에 일단 넣어서 치료라도 받을 수 있는지. 병원도 안 가려 하고. 하긴 거기 쓸 돈이 있었다면 저렇게 되지는 않겠지. 네가 복지사로 일한다는 소식은 들었고 이런 일로 평생 부탁한 적 없는 네게 한 번만 부탁한다. 하긴 육촌이 뭐가 그리 가깝겠어. 그냥 친구라 여기고. 시설을 한번 알아봐 줘."

"오데 그런 말이 있어? 옛날에는 육촌이라도 한 집안 뿌리에서 나온 자식들이라 사촌, 육촌, 팔촌 그런 거 없이 형, 아우 하며 가깝게 지냈다."

그렇게 전화기 너머 집에 들른 육촌 언니와 숙모의 실랑이가 들렸다.

육촌 언니의 부탁으로 그를 다시 찾아가 보기로 했다. 부산항대교를 타고 그가 사는 서쪽으로 가는 것이 가장 빠른 방법이었다. 그를 한 번 더 방문하고 상황을 봐서 그쪽 구청의 복지사에게 연결시켜주는 것이 나을 거라는 생각이 들었다.

그래도 친척이 아니던가? 친척이라니! 친척은 참 미묘한 관계였다. 사촌과 육촌. 친형제가 아닌 이상 가깝지도 그렇다고 멀지도 않은 그 관계. 그러자 마치 기다렸다는 듯 오래전 스물한 살 적에 일 년 늦게 재수를 하고 대학에 들어간 그가 집으로 찾아왔던 기억이 떠올랐다. 그는 자신이 듣는 강의에 필요한 어떤 책을 빌리려고 왔었다. 그때는 그렇게 책값을 아끼려고 주로 빌려 읽고 공부하곤 했었다. 그동안 한 번도 왕래가 없던 육촌이 갑자기 책을 빌리기 위해 내 방에 들어와 있었다.

"규석이가 와 있다. 그런데 언제 올라갔는지 네 방에 있더구나."

집 안에 들어서자 어머니가 말했다. 너랑 약속했냐는 눈치였다. 대학에 들어가기 전에는 알지 못하고 만난 적도 없는 그 애는 그날 이후 자주 연락을 해 왔다. 그날 나의 방에 들어온 그는 나의 침대 위에 누워 반쯤 눈을 감은 채 있었다.

"뭐 하니? 내 방에서 어떻게 이렇게 누워 있어?"

그 침대에 누워 그가 무엇을 생각했는지 알 수 없지만 홀연히 나타난 나를 보는 그 애의 눈에는 복잡한 어떤 감정들이 엷은 껍질을 뚫고 터져 나오는 것 같아 보였다. 그 당시 막 대학에 들어간 그는 아무도 말릴 수 없을 정도로 연애에 몰입했는데 일주일에 한두 번 정도 미팅이나 소개팅을, 주말에는 선배나 누군가 연결해주는 여자애들과 연애사건을 벌이고 있었다. 과다연애증후군. 마치 어딘가에 몰입하기 위해 연애를 하는 것 같은 그는 자신이 그토록 많은 여자애들에게 인기가 있음을 피곤한 듯 자랑했다. 나의 방에 무례하게 들어와 아무도 없는 침대에 누운 채 무슨 생각을 했을까? 그때 그는 여전히 가난하고 어려운 집안의 일상과 이제 막 힘들게 들어간 법대라는 커다란 날개가 너무도 이질적이어서 퍼덕거리며 어딘가로 추락하려는 것을 간신히 참고 있는 것 같았다.

"부잣집에 착한 여자애 없어? 시간 되면 너희 학교 애들과 미팅해보자. 법학과가 인기 많잖아. 1학년 때 놀지 않으면 나중에 후회한다 하더라. 나도 고시원에 들어가면 아무나 만날 수 없을 거다."

나는 그가 찾던 책을 그에게 건네주며 다시는 내 방 안에 들어오지 말라고 말했다. 규석은 검사가 되고 싶다고 했다. 그는 맹목적인 상승욕구를 가지고 있었다. 하지만 이후 그 애를 만날 일이 없었나 하면 그것도 아니었다. 친척이었기에 명절이면 꼭 한두 번씩 만나야 했고 그 애의 연애소식은 계속 들려왔다.

대학을 졸업하기도 전 그는 꽤나 명망 있는 집안의 여자애와 사귀었고 이후 그 여자애를 스토킹하는 바람에 학교에서 자퇴를 하고 말았다. 그리고 이후 모든 일들은 마치 때를 기다리기라도 하듯 다 망가져버렸다. 그는 군대로 가버렸고 한동안 연락이 되지 않았다. 육촌은 이후 자신에게 찾아온 그 어떤 좋은 기회도 받아들이지 않았다. 그 사건 이후 십 년쯤 뒤 우연히 육촌인 그 애를 봤을 때 이미 그는 서른 몇의 나이에 반백의 머리와 야윈 외모로 십 년은 더 늙어 버린 얼굴이었다. 마지막으로 최선을 다하는 모양새는 차려야 했다. 친척이지 않은가? 사촌도 육촌도 다 한 집안 뿌리에서 나온 자식이라고 하지 않은가? 그것은 숙모의 바람일 뿐이었다.

부산항대교에서 바라보니 옛 부둣가 자리에 북항 재개발 사업이 진행되고 있었다. 매립이 다 끝나고 나면 그 북항 자리에는 오페라 하우스며 복합마리나 문화센터가 들어설 거라고 했다. 나는 오페라 하우스가 들어설 매립지의 끝자락이 어쩌면 옛 부두의 바로 그 자리일지도 모른다고 여겼다. 어릴 적 아버지를 기다리던 부둣가의 그 자리. 그때 울리던 뱃고동소리와 어딘지 축제날처럼 모여든 사람들이 벙글거리며 모두 웃고 있다고 느껴지던 그날을 떠올렸다. 멀리서 세관을 통과한 아버지가 걸어오던 모습을, 큰 가방을 끌며 걸어오던 아버지의 걸음걸이를 떠올린다. 그리고 어느 날, 정박 중이던 아버지의 배에 함께 들어가 작고 어두운 선실의 풍경을 본 기억을 찾아낸다. 아버지의 작은 선실에 켜져 있던 노란 등. 좁고 어둡고 낯설어 보이던 그 배의 선실에서 본 따뜻한 등. 순간 거친 파도가 잠시 고요해지고 따스한 온기마저 피어오를 듯 보이는 노란 등이었다.

항해를 마친 아버지의 가방에 들어 있던 텅 빈 껍질 같은 공허를 새겨본다. 지금은 세상에 없는 아버지를 부산항 매립지에서 시시각각 만나게 될 줄은 몰랐던 것처럼. 아버지의 가방 속에서 나이 들면 알게 될 공허 대신 그때 어린 나는 초콜릿과 바나나와 향 좋은 비누만을 보았다는 것을 알게 되었다. 아무도 다니지 않은 넓은 매립지 한가운데 새로운 건물들이 만들어져가고 있었다. 이제 새 땅 위에 새로운 부두가 만들어지고 있는 셈이다. 나는 차를 강서구 쪽으로 몰았다.

을숙도를 향해 가는 차 안에서 본 부산항이 머릿속에 새롭게 사진처럼 찍혔다. 저곳은 아무런 연고도, 아는 이도 없는 북항이 아니었다. 저 부둣가에는 배를 기다리던 정완이와 쇳조각을 줍던 세근이라는 아이가 있었다. 그리고 어쩌면 그들 또한 언젠가 저곳에 한 번쯤 들러 오래전 찾아내었던 군인 모자의 배지를 기억할지도 모른다. 그리고 정완이가 아직 배를 타고 있다면 저 북항을 드나드는 크루즈선에 승선할지도 모른다. 오래전 나의 아버지와 배를 함께 탔었다는 정완이는 스물여섯의 나이에 우리 집을 찾아왔었다.

창밖으로 거대한 컨테이너를 올리고 내리는 신선대 부두의 골리앗크레인이 보였다. 붉은컨테이너 하나가 골리앗크레인에 놓이자 한쪽 팔을 들어 올린 골리앗크레인이 천천히 컨테이너를 감싸며 밀어 올리듯 움직였다. 멀리서 보면 저 느린 움직임은 꼭 발레리나 같았다. 발레리나라니, 아니다. 처음 저 거대한 골리앗크레인의 모습은 목을 길게 뺀 붉은 기린의 모습이었다. 초록 팜파가 아니라 푸른 바다를 뒤로 두고 물을 마시려고 기다리고 있는 기린. 부두에 어느새 붉은 기린들의 모습들이 가득했다.

정완이를 우연히 다시 만난 곳은 그 어느 곳도 아닌 집이었다. 아버지가 말한 나의 동창인 것 같다는 청년이, 선상생활 내내 생활도 충실했다던 청년이 그였다. 나를 보고 싶다고 말한 그 애는 선장에 대한 예우로 아버지를 찾아왔다. 말쑥한 옷을 입은 정완이는 그러나 오래전 내가 알던 그 아이가 아니었다. 두부가게 손자. 한나절 부둣가를 쏘다니던 토요일 오후의 기억들. 그 애는 그런 것을 기억하지 않았다. 정완이는 배로 다녀온 외국의 항구에 대해 말했고 파나마 운하에 대해서도, 함께 일했던 동료에 대해서도 이야기를 나누고 있었다. 그 애는 싱글거리며 검게 탄 얼굴로 원목 냄새 가득한 부두를 떠나 바다를 이야기하고 있었다. 열두 살에 바다를 항해하려던 그 애의 꿈이 저렇게 스물여섯 살 즈음에 이뤄질 거라고 상상이나 했던가? 그날 정완이와 어떻게 헤어졌는지 기억나지 않는다. 공손히 인사를 하고 집을 떠난 그 애 역시 더 완전한 외항선원이 되어서 바다에서의 삶을 직업으로 이어나갔을 것이다. 나가사키에 있다던 그의 빵집 아버지는 돌아왔을까? 아무것도 묻지 못했다.

창밖으로 강가의 물새가 보이던 집이었다. 육촌의 얼굴이 떠올랐다. 그는 약물중독 치료를 요한다는 병원의 진단을 받은 적이 있다. 마른세수를 하듯, 곤란한 생각이나 조절하지 못할 울컥한 감정에 휘둘릴 때는 손바닥을 비벼 얼굴에 한없이 갖다 대고 묵묵히 앉아 있었던 그. 이십 년 전에 본 규석의 모습이었다.

지난번 우연히 찾아갔을 때 점심으로 함께 먹을 거

라며 숙모는 수제비를 만들고 있었다. 한 그릇 나가서 사 먹고 말지, 이렇게 준비를 하세요? 물어도 일부러 애쓰듯 보이던 숙모는 여간해서 반죽하던 손을 멈추지 않았다. 근처에서 좀 벗어나면 큰 아파트 단지를 끼고 있었기에 먹을 곳은 많았다.

"쟤가 밖에 나가지 않으려고 하니 내가 별식을 만들어줘야지." 냄비에는 멸치 육수가 진한 냄새를 풍기며 끓고 있었다. 가스레인지 아래 주저앉아 숙모는 커다란 스테인리스 그릇에서 밀가루를 계속 조물조물하면서 수제비 반죽을 치대고 있었다. '수제비 반죽은 좀 질어도 괜찮아.' 물을 여러 번 조금씩 넣으면서 자꾸만 꾹꾹 밀어서 손바닥에 힘을 주어 누르고 누르던 숙모 모습이 마치 일부러 시간을 밀어내고 있는 것 같았다. 냄비 속 멸치 국물이 졸아들어 짠 내가 났다. 말없이 수제비를 떼어내어 냄비에 함께 뜯어 넣던 일로 그날을 다 보낸 기분이었다. 숙모는 작은 모퉁이 땅에서 키워냈다는 쑥갓을 수제비에 가득 넣었다. 숙모의 생활비는 어디에서 오는 걸까? 여러모로 아끼고 아껴야 하는 힘든 살림이었다. 닫힌 방문 너머 잠을 자고 있는지 규석이는 조용했다. 그가 왜 이런 한낮에 방 안에서 죽은 듯 지내는지, 정작 궁금한 것은 바로 물을 수가 없었다. 그날 늙은 숙모는 아무 하는 일 없이 서른 이후부터 조금씩 세상에 어긋나기 시작한 아들을 두고 어쩌면 아비의 한이 잘못 옮겨간 것 같다고 했다.

"그때 학교에서 정학당하고 공무원 시험을 해보는 게 어떠냐고 해도 안 한다고 고집을 피웠다. 그렇게 미련했다. 내가 포목점에서 장사를 해 번 돈으로 어찌하든 학원은 보내줄 거라고 했었지. 머리는 얼마나 좋은지, 검사가 될 거라 믿었거든. 그래도 마음을 못 잡더라. 이리저리 몇 년 시간을 보내다가 구두 가게를 시작했지. 부도가 난 구두회사라 그것도 폐업을 하고 천만 원 가까이 손해 봤는데 이번에 일하던 회사도 사장이 잡혀 들어가니 회사가 문을 닫을 수밖에. 쟤 얼굴을 보면 꼭 물에 빠진 것 같다. 이제라도 구해줘야지. 저리 놔둘 수는 없지."

숙모는 마치 녹음테이프 같았다. 이십 년 전의 이야기도 십 년 전의 이야기도 들어도 늘 그대로인 복사본이었다. 늘어나 질질 끄는 듯 이야기는 더 들어낼 것도 없었다. 자꾸 늙어간다는 것만이 그 강변 그의 집 모습이었다.

바다가 끝나고 이내 강과 이어지는 을숙도에서 길

을 잘못 들어설 뻔했다. 오래된 모든 기억들을 걷어내는 것이 아니고 그 이야기 위에 새로운 건물들이 들어선다. 북항의 재개발 자리. 그 땅에 오페라 하우스가 지어진다. 시드니의 오페라 하우스를 엽서로 받아본 적이 언제인가? 아버지에게 받았던 선물 같은 그 엽서는 사십 년 가까이 사진첩에 들어 있었다. 시간이 흘러 하늘 위에서 내려다본다면 저 북항의 청사진 맨 밑바닥을 자리하고 있는 진짜의 땅은 바로 부산항 옛 3부두 자리였다는 것을. 어쩌면 군함이었을 그 기억 속의 배들도 잠시 떠오른다. 부산항 제3부두에서 보았던 바다 물빛과 회색의 커다란 군함들. LST라고 불리던 그 배를 타고 다녔던 해군들이 걸어갔던 부둣길이 저곳에 남아 있기도 할 것이다.

아버지의 배가 군함이었다가 원목을 나르는 배였다가 그리고 컨테이너 화물선이 되어 이곳을 오고 가기까지 아버지에게 바다는 물과 쇠로 만들어진 직장이었다. 배의 이름은 스타십이기도 했고 오션글로리호이기도 했다. 아무런 기억도 남지 않는 배를 탔다가 돌아오면서 아버지는 늙어갔다. 돌아가신 아버지의 유품에서 본, 아버지의 이력서에 쓰인, 함께했던 배들의 이름. 예순이 넘도록 다시 바다로 나가기 위해 써 놓아둔 이력서에 남겨진 그 배의 이름들은 아버지의 일기장처럼 아버지의 인생에도 또 내게도 어떤 선명한 자국을 남겼다.

행렬을 맞추듯 천천히, 그렇게 느린 듯해도 컨테이너들은 떠나야 할 항구를 기다리며 배에 오른다. 배가 떠나가고 남은 것은 바닷물 위 번들거리는 기름. 물 위에 떠 있는 하늘의 구름조각들. 버려진 휴짓조각들. 배가 부두를 떠나 시야에서 점점 작아지고 있었다.

"아버지가 마지막으로 타고 나간 배는 어디로 간 거냐?"

병든 어머니는 마지막 나날 동안 돌아올 아버지를 기다렸다. 돌아가신 지 삼 년이 되었는데도 어머니는 아버지가 돌아올 날을 기다리고 있었다.

"엄마 기억 안 나세요? 아버지는 까오슝으로 가신 다고 그랬지."

아버지를 기억하지 못하는 어머니를 향해 나는 행복한 기억을 불어넣었다.

"응, 그래. 네 아버지는 그곳을 좋아했어. 그 이름이 떠오르질 않았는데, 까오슝. 그곳에시 빨리 십으로 오면 좋겠구나."

　기억이 뒤바뀐 어머니는 그러나 아주 오래전 바다에서 죽은 아버지의 친한 해군 동기였던 한 사람을 늘 생생하게 생각했다. '그 사람은 아주 성격이 좋은 사람이었지. 언제나 크리스마스이브에는 시간이 되면 우리 집에 오곤 했는데.'

　어머니는 병실의 한가한 오후에 오래전 기억을 찾아다녔다.

"손에 든 것은 너희들에게 줄 종합선물세트라는 과자상자였어. 뚜껑을 열면 그 종합선물세트 안에 과자가 무척 많아서 모두 좋아했다. 네 아버지 친구는 우리에게 선물 주고 몇 달 안 되어서 바다에서 죽었지. 그렇게 바다에 나갔던 사람 중에 죽어서 못 돌아온 사람도 많아. 다시 못 오지만 크리스마스 때 되면 떠오르는구나."

　마지막으로 배를 타고 들어온 아버지는 곧 자리에 누웠다. 아버지가 탄 배에서 나온 유독가스로 아버지는 천천히 신경이 마비되는 뇌질환을 앓게 되었다. 배를 타는 동안에 배에 갇혀 있었다 한다면 배에서 내려서는 어찌하든 병원에 깃든 몸이 되었다. 큰 배를 타고 바다 위를 떠다니던 아버지가 생의 마지막 날들을 버틴 곳은 아주 작은 병실이었다. 작은 병실, 아버지의 선실 속 작은 고치 같은 그 침대.

저 멀리 덩그러니 서 있는 규석이의 작은 연립주택이 보였다. 생활보호 대상자이자 늙은 노모를 모신 오십 줄의 남자. 너무 빨리 인생의 항해를 끝내고 정박해 있는 낡은 배처럼 흐린 풍경에 묻혀버린 그의 집이 눈앞에 보였다. 어쩐지 육촌을 실은 배 한 척이 저 강에 매어져 있는 기분이었다. 빨리 흘러가야지. 저렇게 자기한테 스스로 갇혀서 살 수가 없지. 그래도 성의는 다해야 하지 않겠니? 두서없는 말들을 중얼거리며 나는 걸음을 재촉했다. 흐린 풍경 속의 길 한가운데서 노란 등 하나가 떠올랐다. 오래전 우연히 배 안에 들어가 선실 문을 열었을 때 흘러나오는 작고 아늑하던 아버지 방의 노란 등. 그것이 순간 뚜렷하게 떠올랐다.

고무나무 이야기

마지막 건물의 모퉁이를 돌 때 고무나무를 보았다. 비스듬히 비추는, 길어진 빛 사이사이 그림자를 밟으며 그곳으로 가까이 갔다. 저녁 해를 받아 건물은 반쯤 그늘 속에 잠겨 있었고 절반은 햇살에 드러나 있었다. 고무나무는 깨진 화분 속에 간신히 몸을 기댄 채 있었다. 옆에는 먹다 버린 술병에서 흘러나온 술이 썩어가고 있었다. '아무리 봐도 이 건물은 몸이 쪼개지려 하는 트랜스포머 영화 속의 로봇 같네. 껍질을 벗은 그 무생물 말이야. 멋지게 지었지만 이제 사람이 거주하지 않는 곳이 되었구나.' 그렇게 말하며 진경은 내 옆구리를 쳤다. 빨리 이곳을 떠나가자는 뜻이었다. 마지막 건물이니 오늘 여기서 마치자.

　멀리서 지하철이 다가오는 소리가 들려왔다. 진경은 앞질러 허둥지둥 걸어 나갔다. 이곳이 마지막 건물이라는 것은 이미 알고 있었다. 우리는 이인 일조로 도시 속 버려진 건물들을 조사하고 있었다. 오늘 같은 휴일엔 지하철 배차간격 틈이 길었다. 길을 걷고 건물들의 상태를 조사하고 영업을 하고 있는지 확인해보고 폐업이 된 곳은 사진으로 찍어두었다.

폐업이 되고 입주자가 빠져나간 건물들은 거의 다 비슷했다. 건물은 텅 비어 있고 이리저리 굴러다니는 폐가전 제품들이 가득했다. 다리가 하나 빠져버린 채 남겨진 의자며 군데군데 깨진 거울이 나뒹굴었다. 부서진 플라스틱 서류상자와 한 짝만 남아 뒹구는 슬리퍼가 보였다.

'이제 그만 돌아가자.' 진경이 다시 재촉했다. 조사해야 할 마지막 건물이 재개발이 일어나는 도심의 슬럼지역이었기에 버려진 가구나 폐가전 제품들이 많았다.

'이런 곳을 골라가며 밤에 몰래 쓰레기를 버리고 가는 사람이 얼마나 많은지 몰라. 어깨에 배낭 한가득 지고 와서 버리기에 힘든 것들을 처리 비용 없이 그냥 버리거든.' 진경은 이런 곳에 민원이 얼마나 들어오는지 모른다고 그랬다. '여기 어딘가 감시 카메라가 있을 거야. 우리들이 화면에 찍힐 수도 있어. 여기서 어떤 일이 벌어진다면 경찰이 우리를 소환할지도 몰라.' 그러면 우리는 할 일을 하는 거라고, 공무수행 중이라고 말해야 할 거라고 내가 대꾸했다.

나는 다시 건물 모퉁이에 남은 고무나무를 보았다. 고무나무는 우리를 보고 있는 것 같았다. 마치 나를 데려가세요, 라고 말하듯이. 나는 건물의 귀퉁이에 버려진 화분 속 그 고무나무를 손가락으로 가리켰다.

내가 알지 못하는 그곳도 이곳처럼 그럴까? 이곳처럼 그럴까, 라는 말은 씁쓸하다. 나는 외국에 나가 있는 동생을 떠올렸다. 어떻게 지내는지 연락이 닿지 않았다. 그 애가 무얼 하러 그곳까지 갔는지. 이제는 그 애를 알지 못한다. 건물 귀퉁이에 버려진 고무나무를 보니 더욱 그랬다. 낯선 타국의 땅에서 누구와도 가까이 지내지 못하고 어딘가로 숨어들어 살고 있지 않을까 하는 마음이었다. 그리고 대체 어떤 근거로 그렇게 생각하는지 말하지도 못한다. 그 애에 대하여 이제 아는 게 아무것도 없어졌으니까. 진경은 내게 말했다. 좋게 생각해. 생각보다 잘 지내고 있을 거야. 단지 지금 이룬 게 없으니 돌아오기가 쉽지 않을 거라고.

가끔 나는 뒤숭숭한 꿈자리로 잠을 설쳤다. 나는 외국에 나가 거의 일 년이 넘도록 연락이 뜸한 동생의 안부가 걱정되었다. 이 건물 안 어디선가 들려올지 모르는 인기척에 귀를 기울여보았다. 이런 낡은 건물 어딘가에 바로 내 동생이 있을 것만 같다는 생각을 여전히 하고 있었다.

빛이 되쏘는 듯 환하게 보이는 거리였고 아무도 걸어 다니지 않는 조용한 뒷골목이었다. 어쩐지 습기찬 건물의 내부가 구월의 햇살에 이제 막 거풍이라도 하듯이 사지를 비틀고 있는 것 같았다. 진경과 나는 함께 한 달 동안 건물조사라는 T 구청의 공적인 업무를 하고 있었다. 일정한 지역의 오래된 건물들이 지난해와 같이 그대로 등록된 사업체를 운영하는지 아니면 폐업이 되었는지를 일일이 조사하는 일이었다. 어서 마치고 맥주 한 잔을 나누고 난 뒤 집으로 돌아가고 싶은 마음이 간절했다. 오후 세 시간 내내 거리를 걸어 다닌 피곤함은 맥주 한 잔으로 쉽게 다 사라지지 않았다.

도시가스 검침 일을 하던 진경은 어디선가 의뢰받은 건물조사 일에 뛰어들었다. 혼자 다니기에 심심하다는 말과 함께 몇 주 동안만 수고하면 맛있는 밥과 맥주 값과 수당의 절반을 주겠다는 말에 함께 다니기로 했다. 처음엔 소일거리로 여겼다. 진경이 시간이 되지 않을 때는 혼자서라도 할 수 있을 것 같았다. 그렇게 하루 일을 마치고 전철을 타고 번화가로 나가 진경과 간단한 저녁을 먹고 함께 맥주를 마시고 헤어지는 일이 나쁘지는 않았다.

더위가 남은 구월의 초순, 이제 마지막 하루치의 일을 남겨두었지만 맥주의 쌉쌀한 뒷맛만큼 오후의 잔광 속에 흔들리던 화분 속 작은 고무나무가 마음에 남았다. 해결되지 않는 일 한 가지, 혼자서 해결할 수 없는 어떤 일을 여전히 나는 짐처럼 등에 지고 다녔으니까.

그토록 오랫동안 외국에서 떠돌아다니는 인생이 될 줄 누가 알았을까? 늘 돌아올 거라고 말하고도 동생은 벌써 몇 년이 지나버렸는데도 돌아오지 않았다. 왜 그런지 그걸 알아내는 것이 점차 두렵기도 했다. 때때로 언젠가 그 애를 만난다면 나이지리아 아부자 거리가 아니라 오늘 본 그런 낡은 건물의 지하쯤에서 걸어 나올 것 같다는 생각이 들었으니까.

동생은 한때 큰 사업을 벌였었다. 그러나 재정적인

문제로 모든 것을 잃기도 했다. 그 애가 어떻게 외국에 나가게 되었는지는 알 수 없다. 오래전의 일이었다. 나는 무얼 걱정하는 거지. 이런 걸 그 애의 운명이라고 해야 하나. 아니 이 모든 게 그 애 이마에 있던 그 흉터 때문이라 해야 할까. 한 번씩 그런 생각을 했다. 그 흉터는 나로 인한 어릴 적의 사고였으니 그 애의 불운이 어쩌면 나로 인한 것인지도 모른다고. 그저 입 밖으로 어떤 말을 중얼거렸다. 인생이여, 모두가 평화롭기를.

"나이지리아 아부자 거리에서는 달리는 도로 한가운데 그냥 사고로 한두 사람 죽은 경우가 허다하게 많아. 여기서는 그냥 하루 동안 일어나는 사고라는 게 너무도 일상적이야. 그냥 달리던 자전거에 싣고 있던 화분이 깨지고 흙과 모래가 부서지고 나무가 뽑히는 것처럼 사람들이 죽어가기도 하지."

그 애는 너무도 태연하게 그 말을 했다. 처음으로 들은 그 애의 외국생활에 대한 이야기였다. 그리고 조금만 더 기다리면 하는 일이 성사될 것 같다는 말도 했었다. 오래전 어머니의 장례식이 끝나고 사십구재를 마치던 그날이었구나. 육 년 전쯤이었다. 그렇게 누군가 갑자기 사고로 죽어도 아무렇지도 않은 곳이 사람이 살 곳인가 싶어서 빨리 그곳에서 나오는 게 어떻겠냐고 말했다. 그곳은 왜 그런다니? 사람들이 너무 많아서인가. 아니면 치안이 형편없어서인가. 하고 되쏘듯 물었다.

　그 애는 그렇게 말하며 자신도 언제가 오토바이 뒤에 얹힌 닭장처럼 길거리를 달리다가 툭 떨어질 수 있다고 말하며 씩 웃었다. 그래도 무한한 자원이 있는 나라라고 했다. 석유가 그 나라의 힘이지. 느긋하고 스케일이 큰 나라지만 정세가 불안해. 너무 스케일이 커서 감당이 안 될 만큼이야, 라고 그랬다.

　'너는 사람 걱정을 시키는 방법도 가지가지구나. 제발 그곳에서 빨리 돌아오기를 바란다. 벌써 그곳에 간 지 오 년이 되어가지 않니. 도대체 그곳에서 뭘 하는 거니? 돈은 벌고 있기나 한 거니?' 사십구재 이후 그는 또 외국으로 달아나듯 가버렸다.

　그 애는 어쩐지 그렇게 낯선 곳을 떠돌다 빈 건물 속 혼자 깊은 잠에 빠진 것처럼 여겨졌다. 연락이 없어진 지 몇 달이 지나고 말았지만 모두 서로 잘 지내고 있을 거라는 생각으로 입을 다물고 있었다. 뜻을 이루기 어렵다면 방향을 바꿔서 길을 달리 가봐야

지. 그 뜻이라는 것도 이제 너무 멀리 떠나버린 것 같
았다.

오래전 그 먼 곳에서 힘이 들지 않느냐는 누군가의
말에 세상 힘 안 드는 곳이 어디냐며 너는 주섬주섬
신발을 꿰신으며 그리 말했다. 삼 년 전쯤이었을 것
이다. 그때도 친척의 장례식이었고 그 애는 마침 한국
에 다녀갈 일이 있었기에 요행히 친척어른의 장례식
에 나타날 수 있었다.

"잘 왔어. 모두 너의 소식을 궁금해하고 있어."

장례식장 군데군데 펼쳐진 탁자 위로 눌린 돼지머
리 고기와 과일과 육개장이 놓였고 친척들은 술을 마
시고 있었다. 살아계신 분들 중에 가장 연장자였던
삼촌이 여든넷으로 돌아가셨기에 이제 남아 있는 사
촌들 중에 나이가 많은 사촌 오빠가 그 자리에서 술
을 권하고 있었다.

"나이지리아는 수도가 어디야. 나이지리아는 어떤
언어를 쓰지?"

젊은 날 외국에 나가 빌딩건설에 참여한 적이 있던
그 사촌 오빠는 물었던 걸 또 물었다. 자칭 건설업계
의 살아 있는 전설이라는 오빠는 자신이 아직도 뭔

가를 배우러 다닌다는 자부심이 가득했다. 서예를 배우고 있다고 했다. 뭐든지. 어쩌면 퇴직이 가까웠기에 알 수 없는 조바심에서 도망치는 중이었을 것이다.

"나이지리아는 도대체 무얼 해서 무역을 하는 거야? 그곳에도 영어는 통용되나? 사람들은 무섭지 않아? 내가 십 년 전 수리남이란 곳에 간 적이 있었을 때 말이야. 무척 힘들었거든. 외국생활은 힘들지. 음식도 언어도 나이 들면 어려워. 나이지리아도 만만하지 않을 거야."

나이지리아에서 일어난 알 수 없는 테러와 잠깐씩 듣는 해외뉴스 속의 납치 사건을, 부정부패 혹은 나이지리아 대통령에 대해 친척들은 물어 왔다. 사촌들은 물었던 말을 묻고 또 물었다. 모두들 그 애가 이미 나이지리아에서 자리를 잡았어도 한참은 되었을 것이라고들 여겼을 거니까.

"아부자예요. 수도 이름이 아부자. 사람들은 친절해요. 거기도 사람 사는 데예요."

테이블 위의 맥주가 금방 떨어졌다. 사람들은 웃으며 지난 시절들을 이야기하고 있었다. 그런 뒤에 할 말은 없어졌다. 이제 막 과장이 되고 초등학교 딸을 데려온 먼 친척 동생이 술을 더 가져왔다. 동생은 어쩐지 겉도는 느낌이었다. 모두 맥주를 시켜서 잔에 가득 따랐다.

돌아가신 분의 지난 이야기는 드물게 들려왔다. 그 장례식의 주인공들은 삼촌의 두 딸이었고 어릴 적부터 요란한 성격이었다. 목소리도 컸고 키도 컸다. 모두들 검은 상복 입고 울다가 웃다가 문상객을 맞아들였고 중간중간 휴대폰을 사용하러 자리를 뜨거나 그랬다. 삼촌은 시름시름 노환을 겪다가 아주 평화롭게 임종을 맞았다고 했다. 여든둘을 넘기며 혈압이 떨어지고 근력이 저하되고 소화가 안 되면서 섭생에 어려움이 왔다. 걷기가 힘들어지자 두 딸은 번갈아 병원에 삼촌을 입원시켰다. 입원과 퇴원을 반복하고 링거병을 꽂고 약을 먹여가며 삼촌이 몇 년을 더 살도록 했다. 명이 길었겠지만 두 딸이 그런대로 잘 살았기에 늙은 아버지 드시고 싶다는 것은 어디서라도 사서 대령을 했다고 숙모가 자랑했다.

이부자리를 펴놓은 삼촌 집의 안방에서 보기 드물게 집에서 운명을 하신 거였다. 삼촌의 마지막은 살아왔던 삶에 비해 너무도 평범하고 조용한 임종이었다. 쉰이 되기 전까지 젊은 날의 삼촌은 꽤나 파출소를 들락거리며 성질대로 술판을 엎기도 하고 공사판

연장을 휘두르며 사람들과 싸움도 많았었다. 낡은 트럭 한 대로 토건업과 공사장의 십장을 했던 삼촌이지만 무엇보다 부드러운 목소리와 교양을 따지던 사람이었다. 삼촌 집에 놀러 가서 나는 낮에도 그늘이 깃들던 나무 아래 삼촌이 새를 부르느라 휘파람 부는 것을 보았다. 그게 기억에 남았다.

"그래 너는 원래 공부를 아주 잘했지. 영어도 잘했고. 우리들 중에 제일 착실했고. 돌아가신 우리 아버지도 너를 아주 귀여워했어."

그렇게 모인 친척들은 그 애의 외국생활이 궁금했을 것이다. 대답을 해야 할 차례였다.

"나이지리아에는 무슨 일을 하지. 뭐로 먹고 사는 거야."

정유공장에서 일하는 다른 사촌 오빠는 나이지리아 같은 개발도상국은 알 만큼 안다는 듯이 물었다. 다들 왜 그리 관심이 많지? 다섯 병이나 되는 맥주병이 비고 난 뒤 그 애는 나를 건너보며 말했다. 나이지리아에서 무슨 일이 일어나는지 왜 그렇게 의심을 하는 것이지 모르겠다고 했다. 그 애가 불편한 그 자리에서 일어나 잠시 자리를 뜨자 친척들은 남은 돼지

머리 고기를 먹으며 서로들 바라보며 물었지. 도대체 왜. 그런 곳에서 무얼 어떻게 한다고 세월을 보내고 있지. 빨리 불러들여야지. 외국인 노동자들 한국에서 일하는 것도 얼마나 어려운지 모르고 하는 소린가? 그 애는 순간 나이지리아라는 그 알 수 없는 나라에서 알 수 없는 일을 하는 떠돌이 같은 낭인이 되어버렸다.

친척들과 모여 있는 내내 그 애는 몇 번이나 자리를 앉았다 일어났고 걸려오는 전화를 받느라 밖으로 나가버렸다.

"재용아. 네 이마의 그 흉터 때문에 돌아가신 네 엄마가 참 속을 많이 끓였다. 이제 나이 들고 흉터 흔적도 없어졌으니 편히 살게 될 거다."

숙모가 동생에게 말했다. 그날 친척의 장례식에서 그 애를 본 것이 마지막이었다. 장례식 이후 모두 뿔뿔이 흩어졌다.

사람들이 떠난 건물에 뒹구는 슬리퍼 한 짝을 보자 나는 동생을 떠올릴 수밖에 없었다. 서너 달 전부터 가끔씩 하던 전화도 되지 않았다. 나이지리아 아부자 거리 어느 햇살 속에서 그 애는 모국어도 아닌 영어로 겨우 지탱하는 하루를 사는 것일까. 그곳에도 고무나무 하나쯤 있을까 싶은 뜬금없는 생각이 들었다. 그 애는 어느 순간 사라지려고 작정한 듯 살고 있는 것 같았다. 낮에 본 그 화분 속의 고무나무는 꿋꿋하게 서 있었다.

한때 나도 아주 오래된 고무나무를 키웠던 적이 있었다. 아니 모두가 그랬을 것이다. 이사를 하면서도 화분을 버리지 않고 때로 고무나무도 식구처럼 여기고 거두어 들였으니까.

어렸을 때 마당 좁은 그 집에 고무나무가 있었다. 파란 플라스틱 화분에 담긴 고무나무는 동생이 다섯 살 정도일 때 보험아줌마가 어머니에게 선물로 가져다주었던 것이다.

'잘 클 거야. 보험 들어놨잖아. 공부 잘해서 대학 갈 때 보험금 받아 등록금 낼 때면 이 고무나무는 훌쩍 커 있을 거니 두고두고 생각날 거요.'

고무나무가 잘 클 것인지. 동생이 잘 클 건지 모르지만 그 말에는 힘이 들어 있었다. 그 고무나무는 동생의 나무였던 셈이다. 어쩌면 그건 색다른 그 보험아줌마의 특급 영업 전략이었는지 모른다.

고무나무는 잘 자랐다. 얼마 지나지 않아 돌돌 말

린 고무나무의 새순이 커 오르더니 며칠 사이에 잎이 펼쳐지기 시작했다. 이렇게 나무는 커가는구나. 교육 보험을 들어놨다는 동생도 쑥쑥 잘 자랐다. 새로운 잎이 생겨날 때마다 고무나무의 새순이 떠올랐다. 그 작은 잎이 어디서 오는지 몰라서 그 고무나무의 새순이 신기하기도 했다. 보험금을 꼬박꼬박 받으러 오는 그 아줌마처럼.

이후 고무나무는 우리 집에 오래도록 자리를 지켰다. 대학교 때 오래 집을 떠나 있다가 돌아왔을 때 보면 고무나무는 키가 두 배로 자라 있었다. 늙어가는 어머니의 삶에 순하게 커나가는 아이처럼 고무나무는 말을 잘 들었다. 한 달에 두세 번 정도 물을 주고 잎을 반짝거리도록 닦아주면 잘 자랐다. 오래전 고무나무의 싱싱한 잎을 장난스럽게 땄을 때 흰 점액질 물질이 흘러나오자 어머니는 나를 야단쳤다. 고무나무가 상처를 받았다고 여겼다. 마치 아들을 키우듯이 사랑을 주었을 것이다. 어머니는 오래도록 나무와 함께 늙어갔다.

어머니에게는 그 고무나무 말고도 키우던 다른 나무들이 꽤 있었다. 고무나무는 어머니에게 아이처럼 남아 기쁨을 주기도 했는데 그 어떤 아이보다 투정도

까탈도 없었다. 그러고 보니 커다란 소철도 있었다. 커다란 화분에 담긴 소철 또한 오래전부터 어머니가 키워왔지만 이후 삼십 년이란 시간이 흘러도 제대로 자라나지는 않았다. 강한 사랑이란다, 소철이 품은 깊은 뜻은. 그래서 그렇게 자라기가 어려운 것인지 모른다. 너무 강한 사랑은 인간들 사이에 이뤄지기 어렵다. 부모 자식 간에도.

겨울날, 어머니 친구들이 모여들어 오래된 옷의 실을 풀어내고 다시 뜨개질을 하던 때였다. 그 친구들은 입 모아 소철을 칭찬했다. 뭐 그리 칭찬할게 있을까 싶었지만 소철은 당시 흔한 수종이 아니었다. 거실 안은 햇살이 들어 따뜻했다. 창가에 놓인 소철은 귀를 열고 여자들의 목소리를 들었을 것이다. 마흔 중반의 여인들이 귤을 까먹고 뜨개질을 하고 서로 어울려 눈을 반짝거리며 이야기를 하고 있는 것을. 온돌방의 퀴퀴한 메주냄새가 겨울 동안 집 안에 감돌았다. 곰팡이 냄새가 떠다녔다. 얼어 터질까 싶어 소철 화분에 낡은 빨간 스웨터를 감아두었다. 소철의 초록 잎은 겨울에 더욱 번뜩였다. 침을 닮은 잎사귀처럼 소철은 원래 강한 애정이라지. 잘 크려면 쇠붙이가 필요하다고 하더라. 녹슨 칼을 화분에 꽂아

두었다.

　어머니에게서 나온 우리 세 명의 자식도 그랬다. 애써 물 주고 거름 주고 고급스런 화분에 키워도 나중에는 별 소득이 없이 어쩌면 어미 가슴에 멍이 되기도 하는 아이가 되어갔다. 나 또한 그런 사람일지도 모른다. 제 앞가림을 하는 날까지 모든 아이들은 부모에게 까칠한 소철 같은 존재일 뿐이었다. 귤을 까먹고 색색의 털실을 가르고 나눠서 꽈배기 모양을 넣은 남편들의 조끼를 뜨개질하던 동네 여자들은 그렇게 오랫동안 우리 집을 드나들었다. 그때마다 확신하건대 고무나무와 소철이 그 이야기 속에 빛나는 조연을 맡았다. 나무들에게는 다 듣는 귀가 있다는 것이다.

　자라나는데 느려 터진 소철은 그렇다고 쉽게 죽지도 않았다. 커가는 내내 좋은 거름을 가져다 뿌려주느라 애를 썼어도 소철은 결코 곁을 내어준 적 없는 냉정하고 도도한 연인처럼 굴었다. 또 어머니에게 한몫을 단단히 잡아내려는 말썽꾸러기 자식처럼 유난히 게으름을 피웠다. 십 년 동안 단 십 센티도 자라지 않았다.

　이마에 흉한 상처자국을 가진 동생을 달래기도 하면서 어머니는 우리들이 더디게 자라는 소철처럼 까

칠하기도 한 시절을 보내고 또 둥글고 부드러운 고무나무 잎처럼 반들하고 싱싱하게 자라나던 시절을 건너간다는 것을 알았을 것이다. 그 애의 이마 흉터의 탄생에는 어린 나의 철없음도 함께 했다. 어쩌면 지금 그 애의 얼굴 반을 가르고 가는 나이지리아 아부자의 햇살에 아직 남은 흉터자국이 선연히 드러날 것이다. 그래서 더욱 내게 알 수 없는 슬픔도 가져왔다.

흉터의 이야기를 하자면 수정동 비뚤한 계단이 있던 위태로운 작은 방에서 우리의 기억이 시작되었다고 해야겠다. 그 집으로 들어가려면 기울어진 마당에 들어서야 했었다. 아버지가 멀리 돈을 벌기 위해 나갔고 아버지가 없는 일 년 동안 돈을 아끼느라 허름한 셋방에 살았었다. 오직 시멘트에 벽지만 대충 발라놓은 단칸방이었다. 일곱 살과 다섯 살인 나와 동생이 좁은 방에서 늘 술래잡기를 했었다. 잊고 있었던 일곱 살 때의 그 일이 나이 들어가면서 한 컷, 한 컷 또렷하게 나타났다.

술래잡기 놀이를 하며 어린 동생을 뒤쫓았고 자그마한 스텐 밥그릇에 과자를 담아 뛰어가던 동생은 그만 미끄러져 방바닥에서 부엌의 아궁이 쪽으로 굴러 떨어졌었다. 들고 있던 스텐 밥그릇 위로 엎어지면서 동생은 이마가 한 뼘이나 찢어져 피를 흘리며 울고 있었다. 어머니 품에 안겨 병원에 가던 동생을 보고도 일곱 살의 나는 내 잘못이 아니라고 변명하고 싶었다. 내가 뭘 어쨌다는 건가. 그저 방바닥이 미끄러워 뛰어가던 동생이 넘어져 굴러 떨어진 것일 뿐. 과자가 담긴 날카로운 스텐 그릇을 끝내 버리지 않은 동생에게 불운이 있었다.

그 수정동의 계단이 비뚤하던 그 집에서 어머니는 이후 재빨리 이사를 나와버렸다. 재수 없는 집이다. 길도 비뚤어지고 방도 기울어져 있고. 벽지도 울고 창문도 삐거덕거리고. 벽지 속에는 집게벌레가 기어 다니며 알을 까고 있고 천장의 전등에는 비가 샌 얼룩이 나 있었으니까. 이마의 상처를 기워놓은 동생의 얼굴이 어머니에게는 오래도록 멍이 되었을 거다. 늘 비뚤한 계단에서 떨어져 너희들 다리를 다칠까 걱정이었는데, 밤톨 같은 이마를 깼구나. 남자아이 얼굴에 이마가 깨끗해야 하는데 저 흉터로 남들에게 사납게 보이지는 않을까 걱정이네. 자는 동생의 얼굴을 매만지며 애가 탔을 거다.

그곳을 떠나 이사를 하던 날 계단에 놓여 있던 화

분들을 안고 나왔다. 이사를 한 곳은 수정동 계단 집에서 멀리 떨어지지 않은 데였다. 이번에는 손을 보고 방위를 보고 좋은 날을 받아서 이사를 했다. 그러다가만 생각하니 넘어지면서 눈이라도 다쳤으면 어찌했을까. 눈먼 아이가 되었다면 그 벌을 어찌 다 받겠나 싶어서 오히려 어머니는 동생의 이마에 난 흉터를 감사하다 여기고 지냈다.

그 기억은 일곱 살 때라 희미하지만 빗물에 붉은 피가 번지던 그 모습만은 선명하게 떠오른다. 숨이 넘어갈 듯 울고 있는 동생을 껴안은 어머니는 눈앞이 깜깜했겠지. 마치 깨진 도자기를 붙들고 조각난 부분을 눈물로 이으려는 듯했을 것이다. 이후 지그재그로 솜씨 없이 급하게 외과 수술을 마친 동생은 아주 오랫동안 그 이마의 칼자국 같은 흉터를 안고 살았을 거다. 학창시절 흉터를 가리느라 가르마를 반대로 타서 머리를 빗고 웬만해서는 이마의 머리칼을 걷어 올리지 않았다.

지난 시간 나는 단 한 번도 동생에게 그때 그 일을 사과한 적이 없다는 것을 알게 되었다. 미안하다는 말을 한 적이 없었다. 그 이마의 흉터 때문인지 아닌지 모르지만 어머니에게 동생의 운명은 늘 아슬아슬해 보였다. 공부를 무척 잘했음에도 대학 입시를 치르는 것이 힘들었고 대학교 시절 운동권의 친구들과 이어져 있는 바람에 졸업의 시기도 늦어졌다. 저 이마의 흉터 때문이지. 이마의 흉터가 아물 때까지 이후 두어 번 성형수술을 더 했다.

살이 낀다는 것. 몸에 흉이 여러 개 져 있을 거라는 역술가의 말에 어머니는 마지막으로 이사를 한 번 더 했다. 몸에 불기운이 많은 아이라 제 몸이 성하지 않을 거야. 물이 가득한 곳으로 이사를 가야 해. 어머니의 이사는 바닷가 동네로 옮겨가면서 끝을 맺었다. 새로 이사한 집의 2층 방 창문에서 바다를 볼 수 있었다. 키우던 소철과 고무나무를 여전히 껴안고 이사를 마쳤다.

겨울이면 창밖에서 떨고 있는 소철과 고무나무를 마루 안으로 옮겨놓았다. 고무나무가 잎을 키워나가면서 동그랗게 말린 새순이 자라나 흉터자국을 남기고 잎들은 떨어져 나갔다. 고무나무는 키가 커졌고 놀러 온 사람들이 고무나무 가지치기를 해 갔다. 그렇게 꺾어서 두면 새로 뿌리가 내려 자라난다고 했다. 새로 자라나는 고무나무도 여전히 이 집 안에서 들려오던 기억들을 간직한 채 새로운 고무나무로 자라날 거라 생각했다. 가지치기를 한 뒤 또다시 새로운 가지가 자라나고 그렇게 자라난 가지는 또다시 누군가의 집에 꺾꽂이로 다시 피어났을 거라고. 오래된 잎은 떨어져 죽고 없어져도 새로운 기억이 그 고무나무에 새겨질 것이다.

동생은 멀리서 학교를 다녔고, 직장도 멀리 떨어진 곳에서 다녔다. 어느 순간 동생은 고무나무가 있던 그 집에서 아주 멀리 떨어져 이곳으로 돌아오지 않게 되었다. 마치 고무나무에서 들려오는 어머니의 소식을 듣지 않으려는 것처럼 멀리 떨어져서.

아들들은 다 제 부모에게서 멀리 떨어져 빙빙 돌면서 사는 거라오. 행성의 위성처럼 멀리서 서로 가까워지지도 않고 멀어지지도 않으면서 그러면서 서로에게 없어서는 안 되는 그 정도로 사는 거야, 라며 어머니의 뜨개옷 친구들이 말을 해주었다.

마당에 놓인 파란 플라스틱 화분 속의 그 고무나무는 자식들이 아주 멀어져 갈 때 늙어가는 어머니를 위로해주었다. 고무나무는 소철보다 부드러웠고 든든했을 것이다. 어느 집에서나 한 그루 정도 있을 법한 그런 나무였다. 행운을 가져오지도 않고 사랑을

의미하는 것도 아닌 평범한 고무나무를 어떤 일로 나는 다시 만나게 되었다. 불구덩이 같은 마음이었을 때 한 그루 작고 여린 고무나무가 함께 울어주었다는 이야기를 누군가에게서 들었다.

  다음 날 나는 진경을 대신해서 혼자 다시 그 골목으로 들어갔다. 아침에 진경은 전화를 해왔고 말을 머뭇거렸다.

"갑자기 그 사람에게서 연락이 왔거든. 오늘 네가 혼자서 마무리 좀 해주겠니. 성당에 장례미사에 가야 하거든."

  그 사람이란 진경의 전남편을 말하는 것이리라.

"갑자기 무슨 일이지?"

"어제 아는 분이 돌아가셨어."

  그분이 누구냐는 말에 진경은 머뭇거렸다. 이혼한 남편의 어머니. 그러니까 진경의 시어머니라고 그랬다. 그래 가봐. 떠나는 이의 마지막 손이라도 만져 드리는 게 도리겠지.

  지독한 여름이 지나고 구월이 오면 짙은 초록의 빛도 조금씩 사그라지고 말 것이다. 혼자서 열 군데의 건물을 조사하고 나면 모든 일이 끝이 난다. 혼자서

T 동네의 주소록을 대조해가면서 걸어다녔다. 이 동네에는 새로 지어진 건물이 별로 없었다. 하지만 일년 전의 건물 대장표를 보다 보니 그사이 폐점된 작은 가게들이 꽤나 많았다. 조사대상 주소지와 건물의 위치를 확인하고 간간이 2층이나 3층의 영업장을 확인하기 위해 건물 안으로 걸어 들어가야 했다. 셔터가 내려진 곳과 가끔 어두운 공간을 더듬어 계단을 오르내리다 보면 사료창고 같은 곳에서 풍기는 묵은 곰팡이 냄새가 남아 있었다. 어찌하든 조사는 확실하고 재빨리 끝내야 한다. 빠른 걸음으로 건물들 사이를 지나간다. 내가 보고 있는 것은 오직 건물일 뿐이다. 오후 해가 어제처럼 엄청 느리게 지고 있었다. 어서 끝내고 저녁의 그늘 속으로 걸어가고 싶었다. 햇살은 너무도 오랫동안 눈을 찔러댔다. 나는 가까운 카페에 들어가 잠시 쉬었다. 그리고 어제 그 폐허와 같은 건물로 다시 한 번 가보고 싶다는 생각이 들었다.

오래도록 동생을 만나지 못했고 언제 한 번 한국을 왔다 갔는지조차 연락이 닿지 않았다. 결혼하지 않은 그 애는 이제 혈혈단신이라는 느낌이 새삼 들었다. 카페에서 차가운 레몬탄산수를 한 잔 마시며 건물 대

장 속 주소지를 확인하고 줄을 그었다. 누가 확인할
것인가. 서류 속 건물이 실제 그 자리에 그대로 있는
지 아닌지. 그러자 묘한 기분에 휩싸였다. 도둑처럼
어떤 흔적도 없이 낡은 건물의 존재를 확인하러 다니
는 일이 어쩌면 내게 참 적합한 일인 듯했다. 동생을
찾아내는 일이 내게 절박하듯이.

　후미진 골목의 끝 어제 그 낡은 건물 앞으로 걸어
갔다. 여전히 쓰레기는 굴러다녔고 버려진 슬리퍼 한
짝도 그대로 뒹굴고 있었다. 1층 입구에 서 있던 작은
고무나무 한 그루도 그대로였다. 푸석한 화분 속의
흙이 고무나무를 겨우 붙들고 있는 것 같았다. 마침
들고 있던 생수병의 먹다 남은 물을 화분에 부어주었
다. 흙 속으로 물이 스며드는 소리가 제법 컸다.
　이곳을 떠난 이들은 화분에 키우던 고무나무를 버
리고 갔다. 건물 안 우편함에는 아직 남은 우편물이
몇 개 남아 있었다. 이곳의 많은 사무실 가운데 세 곳
만의 이름을 알아볼 수가 있었다. 중국여행을 전문으
로 한다는 작은 여행사와 비만 전문 다이어트 물품을
파는 업체. 그리고 무엇을 하는지 알 수 없는 갑을통
상이라는 무역회사 사무실. 누군가 이곳을 찾아온다

면 보게 될 것은 갑을통상에서 버리고 간 의자와 책상들, 서류뭉치와 빈 박스 그리고 또 화분 속의 고무나무 한 그루뿐일 것이다.

　모두 폐업이 된 곳이었다. 마치 불에 타서 모든 것이 쓸려나간 현장을 다녀가듯이 나는 닫힌 사무실의 외관을 보고 난 후, 빈 복도를 지나 출입구로 다시 나왔다. 그럼에도 누군가가 이곳에 남아 있기를 바라는 마음은 도대체 어디서 나오는 것일까. 고무나무가 궁금해졌다. 진경아, 너 고무나무 하나 데려다 키워볼래. 내가 며칠 뒤에 가져다줄게.

　진경이 휴대폰을 받지 않았기에 문자를 남겼다. 성당에서 치르는 장례미사에서 진경은 틀림없이 울고 있을 것이다. 진경의 시모는 치매가 들면서 진경이 이혼한 것을 잊어버리고 요양병원에서도 그녀를 찾곤 했다. 진경은 나이 들면서 시어머니가 먼 친척 숙모처럼 애처롭게 여겨졌다고 말했다.

　'내가 가끔 병원에 가면 그 늙은 걸음으로 왔다 갔다 하면서 나를 눈 빠지게 기다렸다는 게 보여. 다른 사람은 잊고 말았는데, 나는 왜 기억 속에서 남았는지 모르겠어.'

　그런 진경에게 저 고무나무가 나쁘지 않을 것이다.

강아지처럼 사료도 들지 않고 고양이처럼 놀아주지 않아도 되고 그저 말을 건네고 방 안에 들여서 키우면 되니까. 나는 그 건물의 모퉁이에 선 채 버려진 그 고무나무 화분을 들고 갈 방법을 생각하고 있었다. 그리고 비닐에 화분을 감싸서 안고 걸어 나가 택시를 불렀다.

그렇게 시간이 지날 것이다. 건물의 복도 끝에 놓인 고무나무에서 눈물 같은 유즙이 뚝뚝 떨어지고 있는 밤이면 고무나무가 들려주는 이야기에 귀를 기울이게 될 것이다. 집에 고무나무를 가져다 놓고 그날 밤 잊고 있었던 어머니의 임종을 떠올렸다.

동생은 어머니의 장례식에 하루 늦게 도착했었다. 어머니의 임종도 입관도 보지 못했다. 장례식 마지막 날 도착해 염한 어머니의 모습을 그저 잠깐 보았을 뿐이었다. 애써 감정을 삭이느라 자신은 괜찮다고 말했다. 돌아오는 길이 너무 멀었다고 했다. 어머니의 임종이 가까웠다는 소식을 듣고 비행기 표를 끊었지만 일본의 어느 공항 부근 숙소에서 하루를 체류하고 말았다.

'그때였지, 아마 그 시간이었을 거야, 누나, 어머니

가 돌아가신 시간이. 나는 그렇게 직감했어. 잠깐 잠든 사이에 어머니가 나를 부르는 소리가 들리더라고. 거짓말 같지만 내 이름을 부르는 소리가 들렸어. 꿈결에서도 그때 그 순간 어머니가 떠나가시는구나. 내가 미안하지 않도록 여기까지 나를 만나러 왔구나. 임종을 못 한 것을 애석하게 여기지 않도록. 그게 멀리 있어도 순간 느껴졌어.'

동생이 말했던 그 말이 희한하게 떠올랐다. 여긴 비가 오고 있지. 나이지리아 아부자에도 비가 자주 올까. 너는 사라진 것이 아니라 그곳에서 네 삶을 지탱해나가는 거라고, 미안하다고 말하지 못한 내 마음이 너를 걱정하는지도 모른다고. 너도 그곳 어딘가 외로운 방 안에서 너를 위로해줄 고무나무 하나쯤 키우고 있다면 더없이 좋을 거라고 나는 중얼거렸다. 왜 고무나무인지 물으면 그냥 이야기를 들어줄 넓은 잎사귀를 가지고 있는 것 같아서라고. 네가 혼자이지 않고 네가 평화롭기를. 네 말을 들어줄 속 깊은 귀를 닮은 나무 하나면 족하니까, 라고 답해야 할 것이다.

나는 건축물 조사 보고서를 다 완성하고 서류봉투에 자료를 넣었다. 되도록 빠른 시간에 조사를 완료했으니 내일은 서로 축하를 해야겠지. 고무나무 화분에 듬뿍 물을 주었다. 그리고 진경에게 오래된 이야기를 담고 있는 묵묵한 이 고무나무를 선물해야겠다고 생각했다. 언젠가 그녀도 외로운 밤 고무나무에게 수많은 이야기를 들려주고 또 고무나무가 들려주는 이야기에 순하게 귀를 기울이게 될지도 모르는 일이니까 말이다.

못
자국

재이는 얼마 전 아내인 유미에게 어쩌면 자신이 공황장애가 맞을지도 모른다고 말했다. 심장이 미친 듯이 요동치다가 걸을 수 없이 진땀이 났고 그리고 구역질도 났다고. 재이는 그때 길에서 잠깐 주저앉았다. 그리고 두려웠다고 말하고 싶은 것을 가까스로 참았다. 아내는 물끄러미 바라보았다. 아내에게 공황장애는 남편의 밀린 잠을 통칭하는 말이자 언제나 재이 가까이 있는 일이었다.

'나도 우울증이야.' 아내는 그렇게 말하고 어머니의 집에라도 가서 못을 뽑아내는 일을 하라고 했다. 아내는 재이의 말을 잘랐다. 병원에 가려다가 재이는 알아서 하겠다고 말했다. 가느다란 철사인형처럼 재이의 목에서 뚝 소리가 나는 것 같았다. 재이는 자신의 목을 천천히 돌려보았다. 그리고 보니 다리도 팔

꿈치도 말라갔다. 뚜렷한 원인도 지병도 없지만 조금씩 여위어가고 있다. 재이는 하루 중에 오후 나절 걷는 것으로 자기의 몸을 챙겼다. 그래도 종아리 살은 점점 빠졌다. 못에 걸린 후줄근한 외투처럼 재이는 자신이 어딘가 축 처진 채 못에 걸려 있는 것 같았다.

언제가 한번 재이는 벽에 나 있는 못에 걸려서 꼼짝도 할 수 없이 매달려 있는 꿈을 꾼 적 있었다. 벽에는 수많은 못이 박혀 있었다. 누군가 함부로 박아둔 못 곳곳마다 모자가 걸려 있거나 달력이나 수건이 볼품없이 걸려 있었고 때로 온도계나 손전등 따위도 걸려 있었다. 재이는 못에 걸려 꼼짝할 수 없어 양팔을 허우적거리고 있었다. 아무도 재이가 못에 걸린 것을 알아채지 못한 것 같았다. 못은 재이가 발버둥칠 수록 더욱더 길게 자라나 목덜미의 옷을 숨 막히게 잡아채고 있었다. 방에 들어선 아내가 벽에 걸린 재이를 보았다. 유미, 날 좀 꺼내줘. 겨우 삑삑거리며 죽어가는 듯 말했다. 아내가 재이를 못에서 떼어내 주었다. 꿈속에서 아내는 힘이 셌다. 어쩔 수 없이 이번에도 아내에게 기댈 수밖에 없었다. 언제부턴가 아내에게 재이는 벽에 걸린 옷 정도가 되어가고 있었다. 꿈에서 깨어나 재이는 아내에게 못이 무섭다고 말했다.

"꼼짝도 할 수 없이 못에 걸려서 꼭 박제가 되는 것 같았어. 목이 조여오고 숨이 막혀, 못에 걸린 채 죽을 뻔한 인생을 내가 상상이나 했을까?"

아내는 그 후 친척이 모인 자리거나 친구들과의 전화에서도 가끔 그 꿈 얘기를 했다. 남편이 자주 못에 걸리기 시작한다고. 그리고 자기 자신이 없다면 아마 꿈속에서 남편은 벽에서 떨어져 나올 수 없어서 가뜩이나 작은 새가슴이 더 쪼그라들었을 거라고. 그러다 마지막에는 남편이 이제 하다하다 꿈에서도 엄살을 부린다고 말했다. 사람들이 걱정 아닌 웃음으로 넘겼고 재이는 억울하지만 어쩔 수 없어 히죽 웃어버렸다. 그리고 언제 공황장애가 올지 몰라 두려웠다.

그 뒤로도 자주 재이는 못에 걸려 있었다. 때로 벽에 걸린 수건의 모습이거나 아니면 벽에 걸린, 아버지의 낡은 외투 모습이거나 그랬다. 얼마 전에는 자주색 운동복을 입고 달리기를 하다가 등이 못에 걸려 있는 꿈을 꾸었다. 깨어나서도 못에 걸렸던 자국이 몹시 아팠다. 목덜미나 어깻죽지가 뻐근했다. 아무튼 어느 누구에게도 말하기 어려운 못이 그리고 못에 걸린 자국이 재이를 힘들게 했다.

못에 걸려 있고 싶었던가? 못에 그런 애착이 있었던가? 재이는 아내의 말대로 어머니의 집에 가서 벽에 나 있는 못 자국을 바라보았다. 숨어 있는 못이 더 있다고 했다. 다시 어디선가 쿵쿵 못 치는 소리가 들린다. 못을 치는 소리는 늘 여기 아니면 저기에서 울려 재이가 가는 곳마다 따라 들려왔다.

재이는 못질을 하면서 망치질에 응답처럼 기합을 넣곤 하던 어떤 숨소리를 떠올렸다. 얍, 얍, 얍. 아버지였다. 나무로 작은 의자를 만들어주며 못을 치던 소리가 숨소리를 연상시켰다. 그때 아버지 옆에서 아버지처럼 작은 못 하나를 입에 물고 있던 어린 재이는 못을 입안에 넣고 몰래 굴려보았다. 생선의 가시 같은 느낌이었다. 그러다가 못을 삼켰다. 못은 혀뿌리 아래 잠겨버렸다. 그리고 그건 오래오래 입속에 남아 굴러다닌 느낌이었다. 정말 삼켰던가? 아닌가? 그게 몸 밖으로 빠져나왔는지 기억에 없지만 가끔 커가면서 가슴근육이나 배가 따끔거릴 때가 있다면 재이는 그때 삼킨 못이 아직 몸속에 있다고 생각했다. 의자를 만들던 그 못은 그러나 사실 어머니가 세찬 손바닥으로 등을 치는 바람에 토해버린 음식물 속에 들어 있었을 것이다.

재이는 아버지를 도와줄 때 늘 입에 서너 개 정도 못을 물고 있었고 목수인 아버지가 내리치는 망치를 보면서 재이도 여기저기 망치로 못을 치곤 했다.

"함부로 못을 치지 마. 집의 정수리에 대못을 박으면 집안이 동티 난단다. 이건 아무나 하는 거 아니다."

'틀림없이 넌 죽을 수도 있어'라는 말을 하려는 것인지 모른다. 어머니는 냉담하게 아들에게 그런 일은 없을 거라고 말하곤 했지만 아버지의 기억 속에 있는 동티는 아버지의 여동생이 일찍 사고로 죽은 것을 말했다. '못을 치다가 그만 집 안에 있던 뱀 둥지를 발견하고 기겁을 한 일이 있었거든. 뱀 둥지가 뜯겨나가고 새끼 뱀들을 어른들이 잡아다 죽였어. 그런 다음 장날 동생이 꼭 구경 가고 싶다고 장에 따라 나갔다가 어이없이 죽었지. 다리에서 떨어진 거야. 그 다리 아래 뭐가 있었는지 하염없이 구경하다가 떨어졌다고 해. 아니면 떠밀렸는지.'

어머니는 아버지의 말 중에서 유일하게 못을 함부로 치지 말라는 말만은 뚜렷하게 기억했다. 목수였던 아버지의 기억을 모두 쫓아낸 뒤에도 말이다. 재이는 지금도 못을 보면 입으로 가져가 입안에서 둥글둥글 돌려댔다. 누군가 못을 입안에 넣어 우물거리면 못의 독기가 빠져나간다고 그랬다. 재이는 못을 장난감처럼 가지고 놀았다. 그리고 커서는 가끔 집 안 부서진 곳곳을 손봤다. 심심할 때 먹는 과자조각만큼이나 손에 잡히는 대로 못을 가져다 썼다. 재이에게는 늘 주머니에 가득 못이 들어 있었다.

재이는 아주 반듯하고 깨끗하게 도배된 새하얀 벽에 딱 한 개의 못을 치고 싶었다. 집을 사서 거실에 단 하나의 못. 마치 은으로 만들어진 듯 반짝거리며 녹슬지 않는 못을 치고 그곳에 고급 벽걸이 시계를 딱 하나 걸어두고 싶었다. 시계는 한동안 고풍스러운 가구점을 뒤져서 아주 우아해 보이는 은장식 시계로 미리 사두었다. 재이는 구질구질해 보이는 싸구려는 질색이었다. 되도록 장식이 없도록 깔끔하게 살고 싶었다.

이사를 나간 집 안 구석구석을 살펴 재이는 꼼꼼하게 못을 뽑아냈다. 전에 살다 간 세입자가 쳐놓은 못이 많았다. 작고 가는 못을 뽑는 게 꼭 아이의 유치를 빼는 것 같았다. 그동안 이 집 안에서 못을 몇 개나 뽑았던가? 하지만 언제나 생각지도 못한 곳에 박혀 있는 못이 남아 있기 마련이다. 구부러진 못이 열 개는 더 된다. 얼마 전 이 년 동안 세입자가 살다 나간 아파트가 다시 휑하니 비었다. 세입자였던 여자가 버린 검은 화장품 케이스와 낡은 그릇들이 창고에서 나왔다. 그 여자는 어느 방송국의 전속 메이크업 아티스트로 일한다고 했다. 침대를 들어내느라 안방에는 장판이 찢어진 채 있었다. 커다란 붉은 꽃이 그려진 벽지를 바른 휑한 벽은 그대로 남아 있다.

재이는 벽지 가운데 붉은 꽃잎 자리에 박혀 있던 못 하나를 뽑아냈다. 이번 세입자도 많은 못 자국을 남겼다. 이곳에 무엇을 걸었을까? 벽의 한 군데에서 가장 좋은 지점을 찾기 위해 여기저기를 가늠해 보았을 것이다. 거울을 걸거나 액자를 걸거나 외투를 걸기도 했을 것이다. 못을 뽑으며 재이는 처음 이 집에 어머니가 이사를 와서 못을 박아서 걸었던 게 무엇이었는지 떠올려 보았다. 아마 한 군데도 못을 치지 않으려 했을 것이다. 벽지를 버리게 해서야 쓰겠냐고 못 하나 제대로 치지 않으려 했다.

벽에 피어난 커다란 붉은 꽃송이가 남자의 마음속

에 짓이겨져 들어온다. 처음 그 꽃 벽지를 바른 이는 재이의 어머니였다. 이곳은 처음이자 마지막인 어머니의 집이었다. 삼십 년 동안 모은 돈으로 샀던 집. 이사하는 날 붉은 팥을 한 줌 방 안에 뿌려두었다. 아파트로 처음 이사 온 어머니는 오래전의 풍속을 버리지 못했다. 살던 작은 연립아파트를 팔고 오래부은 적금으로 부동산에서 계약을 하고 난 뒤, 이전 집의 불씨라도 가져와야 하는 것이 아닐까 하고 궁리했다.

재이는 어머니가 삼십 년 넘게 재래시장에서 국밥집을 한 것을 기억한다. 중학교 시절 재이는 가게 유리문 앞에 서서 어머니가 칼을 쥐고 선지를 썰어 넣는 것을 보며 커나갔다. 음식을 만들고 직접 나르고 솥에 고기를 삶아 두고 이른 아침 시장을 보러 가고. 정신없이 바쁜 어머니가 여름날 땀을 흘리며 구부린 채 도마 위에서 선지를 뚝뚝 끊어내는 것을 보았다. 마치 어머니가 도마 위에다가 붉은 핏덩어리를 토해 놓은 것 같았다. 어머니는 시장에서 돈을 차곡차곡 모았다. 해장국은 오랫동안 같은 맛을 유지했고 가끔 입소문으로 찾는 사람이 많았다. 소와 어머니는 한 덩어리처럼 닮았다. 질기고도 짠하고 어리숙하고도 자부심이 강했다. 어머니는 자신이 전생에 일소였을 거라고 말했다. 소는 팔만 근의 업이 있으니 자신도 팔만 번의 허리 구부림이 있어야 한다고 믿었다. 한번은 어머니의 국밥집이 지역 신문에 소개되었다. 하지만 지역 신문에 소개를 해주면 그쪽 사람들이 몰려 들어와 공짜로 국밥을 먹고 가기도 했다. '좋은 심덕, 맛있는 어머니의 손맛'이라는 국밥집 소개는 지역 상가 무가지에 올라오기도 했다.

재이는 학교가 끝나면 국밥집에서 밥도 먹고 심부름도 하고 자랐다. 어머니가 재이에게 붉고 커다란 선짓국을 먹일 때마다 어린 재이는 울상이었다. 너무 뜨거워서였고 남김없이 다 먹어야 했기 때문이었다. 하지만 자라고 나서는 그 맛을 잊지 못했다.

어린 시절 재이는 글쓰기에서 '어머니와 뜨거운 국'이란 글로 상을 받았다. 그러자 어머니는 세계명작동화책을 한 질 사다 주었다. 최초로 재이의 어머니는 아들을 키우는 보람을 그 열 권짜리 동화책에서 찾고자 했다. 넌 뭐가 되어도 될 거야. 어머니는 그렇게 믿었다.

재이의 어머니가 선지 국밥집을 하게 된 것은 어머니의 선택이기도 하지만 운명이라고 했다. 붉고도 뜨거운 음식 장사를 해야 살길이 열린다고 누군가 어머니에게 말했다고 그랬다. 어머니는 오직 하나밖에 없는 아들을 위해 혼자서 살길을 열어야 했다. 목수였던 아버지는 어머니에게 아무런 힘이 되지 못했다. 집을 나간 지 오래되었다. 어머니는 고향의 소를 떠올렸다. 소의 피를 끓여내던 솥을 떠올렸다. 붉은 피로 국밥을 끓이는 어머니는 갈수록 당당해져갔다. 어머니는 재래시장에서 가장 일 잘하는 국밥집 주인으로 소문이 났다. 하지만 아버지는 오래도록 돌아오지 않았다. 아버지의 일이란 게 단지 그렇게 멀리 떠도는 것이라고 생각한 어린 시절의 재이는 세계명작동화 속의 인물들 중에서 아버지와 닮은 떠돌이 주인공을 찾아내 어머니에게 읽어주기도 했다. 그 주인공은 모험을 떠나는 닐스였다.

어렵게 모은 돈으로 사들인 이 아파트로 이사 온지 얼마 되지 않아 시어머니의 몸에서 암이 발견되었다. 유미는 그날 시어머니와 병원을 함께 다녀왔다. 너무 놀란 시어머니는 일주일간을 떨었고 그런 다음 수술을 감행했다. 유미는 남편인 재이와 함께 병원을 드나들었다. 늘 시장통의 국밥집에서 일만 하던 시어머니에게 환자복은 마치 휴식을 위한 잠옷 같았다.

시어머니의 몸에서 나던 음식 냄새는 병든 몸에서 나는 체취와 링거액 냄새로 변해갔다. 삼십 년 넘는 노동과 팔만 번의 엎드림 같은 국밥장사로 모은 돈으로 시어머니는 혼자만의 아파트를 갖고 싶어 했다. 안방 벽에 붉은 꽃 벽지를 남겼다. 어떤 생생한 기운을 얻고자 했는지 모른다. 시어머니가 오래된 낡은 집을 버리고 이곳으로 이사를 올 때 그 붉은 꽃무늬 벽지를 고집한 것은 한 번도 입어보지 않은 꽃무늬 치마 때문일 것이다. 하지만 유미가 볼 때는 그 꽃무늬는 붉은 선지를 떠올리게 했다.

"이런 꽃무늬 치마 한번 입고 싶었는데, 이제 원 없이 호사하겠네."

유미는 너무 오래 기다려서 얻는 호사스러움은 소용없다는 것을 알았다. 자신이 그런 치마 한 장 사드리지 못해서 죄송스럽다는 생각이 들었다. 시어머니가 돌아가시고 난 뒤 집은 남편인 재이가 상속을 받았다. 그리고 유미는 재이와 의논해서 집을 팔지 않고 세입자를 들이기로 했다. 세입자를 들이면 월세가 들어오고 그렇다면 생활에도 도움이 될 터였다.

유미는 집 안을 한 번씩 돌아보며 돌아가신 시어머니와의 기억을 떠올리는 재이를 보고 놀랐다. 그토록 우유부단하고 무기력해 보이는 재이에게도 그런 감성이 남아 있는가 싶기도 했다. 그리고 남겨준 집이라는 존재에 대해서도 새로운 눈이 뜨였다. 집은 곧 몸이라는 생각이 들었다. 이 집이 있는 한 집의 첫 주인이었던 시어머니의 존재가 남아 있고 살아남는 것이었다. 그것은 재이에게 남긴 어머니의 몸 같았기 때문이다. 유미는 그렇게 집을 사서 아파트를 마련해주고 떠난 시어머니의 선견지명에 탄복했다. 유미는 그동안 한 번도 관심 없었던 부동산 사무실을 자주 찾아가게 되었다. 요즘 이곳의 아파트는 적어도 6개월에 한 번씩은 가격이 올라가고 있었기에 상속받은 이후 적어도 십 년 이상을 가지고 있다면 큰 이익이 될 거라 여겨졌다.

그동안 서너 명의 세입자들이 들어와 살았다. 그 모든 계약서는 유미가 직접 작성해두었다. 시어머니는 처음부터 유미에게 아들인 재이가 이재에 밝지 못하니 너라도 단단히 눈을 크게 뜨고 살아야 한다고 했다. 그리고 무엇보다 집이나 가게는 손에 들어온 이상 한순간에 팔아버리지 말라고 했다. 유미는 시어머니의 뜻을 따르기로 했다. 그것이 유지를 받드는 일이 아니겠는가. 그런데 문제는 지금 한 달이 지나도록 새로운 세입자가 들어오지 않는다는 것이다. 유미는 몇 군데나 부동산에 월세를 내놓았지만 아무 곳에서도 연락이 없어 노심초사했다. 아무리 큰 건물을 가지고 있어도 세입자가 없다면 아무런 소득이 없음을 처음 알았다. 유미는 남편이 뭐라고 하든 이제 이집을 잘 고치고 관리해서 어떤 새로운 형태의 셰어하우스를 만들고 싶었다.

　이 집에 처음 세 들어 살던 젊은 여자를 기억한다. 임대차 계약서를 쓸 때 유미는 그 여자가 혼자라는 사실에 놀랐다. 이 집은 월세로 들어오기에 만만하지는 않았다. 유미는 그 여자가 고급 술집에서 일한다는 것을 알았다. 그러다가 몸이 아파 일하지 못하던 여자는 석 달 동안 월세를 미루다가 이사를 나갔다. 유미는 그 여자가 나가고 난 후 아파트를 둘러보았다. 뭘 하느라 이렇게 못을 많이 쳤을까? 거실 벽어디쯤에 벽 하나 가득 자신의 사진으로 가득한 액자를 걸었을지 모른다. 그런대로 깨끗하게 쓴 것이 고마웠다.

두 번째 세입자는 젊은 여대생이었다. 유미는 계약을 할 때 젊은 여대생의 어머니가 왔다는 것을 떠올렸다. 넓은 집을 두고도 아버지와 사이가 좋지 않아 혼자 살기로 한 그 여대생은 네일아트를 한다고 했다. 눈이 크고 피부가 흰 어머니는 젊고 우아했다. 유명한 정형외과 의사인 아버지는 네일아트를 하는 딸이 집에서 실습을 한다면서 손톱을 꾸미는 것을 보고 쫓아냈다고 했다.

유미는 세입자가 들어오고 나갈 때마다 직접 벽지를 바르고 청소를 했다. 일은 힘들고 고되었다. 어떤 세입자는 붙박이장을 갈아달라고도 했고 화장실을 바꿔달라고도 했다. 유미는 집을 관리한다는 것이 얼마나 어려운 일인가를 알고 있었다. 그리고 그들이 산 시간이 늘어나는 동안 뽑힌 못의 자국도 점점 늘어난다는 것을 알게 되었다. 꼼꼼히 눈여겨보면 거실의 곳곳에 새로운 못이 박혔다가 뽑힌 자국이 생겨났다. 그것은 세월의 훈장이기도 했다. 두 번째 세입자는 일 년 가까이 살고 유학을 간다며 떠났다. 그 사이 또 누군가가 들어왔고 그리고 마지막 세입자가 사십 대의 메이크업 아티스트였다. 혼자라고 계약을 하고는 두세 명이 함께 기거하기도 했었다. 메이크업 아티스트는 남기고 간 그릇들이 많았다. 혼자의 살림이 아니었다. 그렇게 몇 번 더 사람을 들인다면 유미는 그들이 거의 비슷한 이유로 살다가 나간다는 것을 알게 될 것 같았다. 그런데 매물이 나간 지 꽤 되었지만 새로운 세입자가 없기에 유미는 이 아파트 전체를 더 고급스럽게 인테리어 하고 싶었다. 잘 꾸며두어야 먼저 선택될 수 있기 때문이었다. 남편이 원하지 않는다 해도 유미는 바꾸어야 한다고 느꼈다.

타이레놀 500밀리그램. 편두통이 올 때마다 재이는 타이레놀 두 알을 먹고 잠들었다. 미친 듯이 달리는 버스 속 같은 어지럼증으로 재이는 서 있을 수 없었다. 머릿속 가득 들어 있는 금속의 쟁쟁거리는 소음은 사슬들과 못들과 그리고 그 위를 내리치는 망치 소리가 되어 내리쳤다. 두통약을 먹고 잠들었고 하루 종일 집중할 수가 없었다. 타이레놀은 재이의 머릿속의 두통을 뽑아내는 또 하나의 펜치인지 모른다. 재이는 조금 병약했다. 재이는 이 편두통이 공황장애의 하나일 수도 있다고 느껴졌다. 의사의 진단을 받아보아야 할지도 모른다고 생각했다.

재이는 유미에게서 새로 세입자가 들어오지 않는다는 이야기를 계속 들었다. 그것은 인근에 새로 생겨난 대단지 아파트 때문에 이곳에도 빈 아파트들이 많아졌기 때문이다. 물갈이하듯 전세를 놓고 이사를 가려는 사람들이 갑자기 많아져서 집을 내놓고 몇 달이 되어도 구경조차 오지 않는다는 말을 들었다. 우린 하우스 푸어야. 아내는 재이에게 늘 말했다. 그 말은 맞았다. 어머니의 병원비가 남자에게 빚으로 남아 있다. 어머니의 집을 팔지 않으려고 하다 보니 더욱 힘이 들었다. 아내는 재이에게 절대 집을 팔지 않을 거라고 했다.

재이는 하루 종일이라도 집에 누워 있고 싶었다. 몇 년 전 회사를 나오고 난 뒤 재이는 취업하지 않았다. 재이에게 아쉬운 게 있다면 어머니의 암 투병 중 어머니의 식당을 제대로 건사하지 못한 것이었다. 어머니의 손맛은 이제 함께 일하던 그 송 여사로 이어졌고 송 여사는 다른 곳으로 가서 국밥집을 열었다. 삼십 년 국밥의 육수 맛 식당은 송 여사의 이름으로 변신했고 재래시장에 자리 잡은 그 식당은 문을 닫아버렸다. 3년간의 암 투병이었다. 그리고 재이에게는 스스로도 이해할 수 없는 무기력만 남아버렸다. 못에 걸린 홀쭉한 외투처럼.

재이는 자신이 형편없이 분노하기만 한다는 사실에 가슴이 아팠다. 재이는 회사를 그만둘 그 당시를 늘 가장 싫어하는 영화의 첫 장면처럼 되풀이해 떠올린다. 스토리는 더 이상 달라지지 않고 되돌릴 수 없었다. 공교롭게 얽힌 그 일로 재이를 음모한 누군가는 남고 재이는 회사의 발전을 저해하는 인물로 지목받았다.

"사람은 자기가 헤엄칠 바다를 스스로 결정한다고 하던데, 한 해라도 퇴직이 빠른 게 낫지 않을까요? 멋진 새 출발을 시작하세요. 우리들 중 제일 브레인이시잖아요?"

누군가가 장갑을 벗고 재이 손을 잡아 흔들었다. 재이가 감투뿐인 회사 노조위원장을 할 때 그 여직원은 총무였다. 그녀는 재이에게 회사 퇴직 선물이라며 가죽장갑을 백화점에서 사다 줬다.

"이거 노조에서 챙겨주는 거예요. 선배. 마음 따뜻이 지내세요."

재이는 사장에게 공개된 노조의 인터넷 댓글이 어

쩌면 저 여직원이 쓴 게 아닌가 하는 생각이 들었다. 재이는 갈고 닦은 자신의 글솜씨를 좀 더 바람직하고 불편함이 없는 회사를 만들기 위한다는 명목에서, 노조 게시판에 '건의합니다'란 글로 가끔 올렸다. 단지 회사 내 떠도는 경영진에 대한 불신과 사원들의 뒷담화를 정당하게 여론화시킨 것뿐이었다. 하지만 격렬하게 술집에서 뒷담화를 하던 직원들은 언젠가부터 입을 다물었다. 그 여직원이 함께할 때였다. 모두가 알고 있는 여직원의 비밀을 재이는 간과했다. 사장 편에 있던 그 여직원이 부서 내 직원들의 생각을 은밀하게 채집한다는 것을.

"자네의 업무 평점이 꼴찌라는 게 이상하지 않아?" 부서의 선배가 말했다. 그리고 보니 재이의 업무 성적이 가장 낮았다. 그리고 몇 달 뒤 어이없이 새로운 곳으로 대기 발령이 났고 여직원이 가장 먼저 아쉽다고 말했다. 퇴직은 너무도 쉽게 진행되었다. 약간의 퇴직금과 약간의 두려움과 배신감이 함께 몰려왔다. 업무 평점이 가장 낮다는 말에 재이는 퇴직을 결심했다. 퇴직하면서 가져온 회사 내 유니폼 점퍼와 사무용 샌들과 양치 컵을 박스에 넣어 테이프로 밀봉하고 창고 구석에 두었다.

재이에게 도배 일을 배우라고 권한 사람은 재이의 아내였다. 유미는 원래 공대 출신이었다.

"못을 뽑는 일만 하면 돼. 당신은 키가 크잖아. 벽은 내가 다 할께. 천장에 도배하는 일은 아무래도 키가 커야 하니 당신이 필요해. 그래도 싫다면 못만 뽑아."

아내는 이웃 여자와 함께 도배 일을 배우러 다녔다. 강사료와 실습비를 내고 온몸에 덕지덕지 풀이 묻어 오는 날이 이어졌다. 실습을 다니러 멀리 떨어진 아파트 공사 현장을 다녀오기도 했다. 그런 날 유미의 작업복 바지 주머니에서 지폐가 떨어져 나왔다. 아내는 주머니 가득 돈을 쑤셔 넣었다가 저녁나절이면 한 장 한 장 꺼내어 지폐의 주름을 폈다.

"그 일이 좋아?"

"벽지 무늬 맞추는 것도 미술이야. 벽에다 대고 주먹만 휘두르는 것보다 나아."

아내는 통장으로 부쳐 오는 돈보다 직접 돈을 받고 만지는 것을 더 좋아했다.

"오늘은 짬뽕을 시켜 먹었어. 동 씨가 커피는 사주더라."

육천 원짜리 짬뽕을 먹고 함께 도배 일을 배우는

여자들과 맥주도 마셨다고 그랬다. 아내는 실습 짬짬이 돈을 벌기도 했다. 아내는 사다리를 잘 타고 오르며 주름 하나 없이 도배를 잘하는 도배장이 동 씨에 대해 말하곤 했다.

"동 씨는 멀리 남해에서 올라왔다는군. 군데군데 고향에 있는 마늘밭이 꽤 값이 뛰었다고 하던데 그래도 도배 일을 계속해. 인테리어 사장이 일이 있을 때마다 동 씨를 불러서 일이 끊이지 않아. 도배 말고도 잘하는 게 꽤 많아. 수입도 쏠쏠하고."

재이는 아내가 그 말의 뒤에 어떤 말을 더 하고 싶어 하는지 알고 있었다. 말하지 않아도 그건 언제나 남자의 두통이 언제 끝날지, 그리고 어떻게 다른 일을 시작할 건지였다.

"그런데 못에 손이 찔려. 방마다 보이지 않는 못이 돋아나 있어. 다른 사람은 그렇지 않는데 나만 손이 긁히고 있다니."

아내는 아주 가늘게 신음소리를 냈다. 아내의 소리 죽인 한숨은 재이의 목을 지그시 누르는 것 같았다.

"양말을 벗을 때 뒤집지 마. 손으로 빼내려면 힘들어. 손가락이 부었어."

아내가 일찍 드러눕는 일이 많아졌다. 아내는 도

배를 마치고 늦게 들어오면 텅 빈 식탁을 보고 화를 냈다. 재이는 어머니의 집을 파는 게 어떠냐고 물었다. 잠이 든 아내가 눈을 부릅뜨고 재이를 흘겨보았다.

아내의 불면증도 그즈음의 일이었다. 아내가 밤마다 뒤척거리거나 잠을 이루지 못한다는 것을 재이는 알고 있었다. 그럴 때 재이는 전 직장에서 체육대회를 하던 때를 떠올렸다. 재이는 오래전 그때 체육대회에서 최우수상을 받았다. 조금 높은 야산의 정상 지점에 감춰둔 비밀문서를 찾는 서바이벌 게임이었다. 재이는 체력 이외에 지력이나 모험심에서 높은 점수를 받았다. 정해진 시간 내에 열두 개의 퀴즈를 풀어가며 문서를 담은 상자를 찾아내는 경기였다. 사장의 이름이 박힌 플라스틱 트로피와 꽤 상당한 상금을 받았고 동료들에게 점심을 한 턱 냈었다. 지나고 보니 회사를 십여 년 다닌 동안 그 체육대회가 가장 좋았던 것 같았다. 재이는 어쩌면 아직도 그 회사의 체육대회에서 끝나지 않은 문서찾기를 하고 있는 것 같았다.

"이제 리모델링을 하지 않으면 월세로 살려는 사람들이 보러 오지 않아. 벽지도 또 바꿔야 해. 하루라도 빨리 바뀌야 세입자가 들어와요."

아내는 어머니의 아파트에 들어서서 인테리어 업자와 견적을 내고 있었다. 적어도 삼백만 원의 비용이 있어야 화장실을 새로 바꾸고 도배를 하고 거기에 이백만 원을 추가로 더 내면 베란다를 확장하고 전등을 고급스럽게 바꿀 수 있고 방의 문고리를 고급스러운 유럽풍으로 바꿔준다고 했다. 그러니 적어도 오백만 원은 있어야 한다. 거실의 바닥재를 바꾸는 것도 한번 생각하라고 했다. 아파트는 언제나 새로 변신할 수 있었다.

"그 돈이 어디 있어. 그냥 도배만 새로 하고 페인트만 바를 거야."

재이는 말했다. 아내의 말대로 자신이 아내를 도와 도배를 할 거라고 다짐했다. 아내는 거실의 바닥만 새로 바꿔도 집이 달라 보일 거라고 했다. 이제 아내는 뭔가 작정을 한 듯했다. '거기다가 하루 숙련공의 일당이 이십만 원이야.' 아내의 말에 재이는 이제야 뭘 안 듯이 고개를 끄덕거렸다.

벽지를 뜯어내자 시멘트가 드러났다. 도배하기 전 초벌 벽지가 시멘트와 하나로 붙어 있었다. 텅 빈 아파트에는 습한 냄새가 올라왔다. 사람이 살지 않으면 금세 집은 시멘트와 접착 풀냄새와 먼지 냄새로 분해되었다. 오래된 벽지가 첩첩이 발라져 있었기에 뜯어내는 것도 만만찮았다. 도배는 오래된 집의 흔적을 완전히 없애버리는 일이었다. 못을 뺀 자리에 생긴 구멍은 마치 아이의 얼굴에 생긴 수두자국처럼 보였다.

거실의 벽에는 커다란 못 자국이 남았다. 아마도 드릴로 뚫었을 것이다. 벽걸이 텔레비전을 두었던 여대생 세입자가 있었다. 유미는 그 젊은 여대생의 고급스러운 일인용 소파와 벽걸이 대형 텔레비전과 앙증맞게도 고급스럽던 이인용 마블무늬 식탁을 보았다. 세탁기에 연결된 수도관을 고쳐달라고 해서 가보았던 기억이 났다.

결혼 십오 년이 넘어도 유미는 제대로 된 식탁을 가지지 못했다. 결혼할 때 사 온 싸구려 식탁은 금세 칠이 벗겨져버렸다. 오래된 가구와 오래된 벽지를 그대로 두고만 있었다. 이 아파트를 판다면 얼마나 되는 돈을 쥐게 될까? 빚을 갚고 냉장고를 바꾸고 한동안 돈을 쓴다 해도 고정적인 벌이 없이는 또다시 빚을 지게 된다. 조금 더 아파트를 놔두고 가격이 오르는 것을 기다린다면 달라질 수도 있었다. 그동안의 불편도 감수해야 했다. 유미는 결혼 초 불임을 치료하려 했던 병원비를 떠올려보았다. 그 산부인과 비용이 만만찮았다. 하지만 아무런 소득도 없이 끝이 났다. 이제 유미는 임신에 기대를 걸지 않는다. 지금은 임신을 한다 해도 아이를 낳는 일을 받아들일 수 없을 것 같았다. 그 나이 때 해야 할 일이 있다는 것을 이해했다. 때를 놓치면 두세 배의 추가비용이 드는 것이다.

오래전 남편이 시어머니의 사진을 걸기 위해 못을 친 그 자리에 아직도 못 자국이 남아 있었다. 시어머니의 정면 사진이 걸려 있던 자리였다. 그 사진은 영정사진으로 이후에 쓰였다. 그 자리에 박힌 못 자국을 만져 보았다. 어쩌면 이곳에 자신의 사진을 하나 걸기 위해 시어머니는 밤낮으로 시장에서 일했는지 모른다. 가끔 유미는 그곳으로 가서 일을 도와주기도 했다. 옆에 있던 송여사의 눈치가 보였지만 그때 송여사의 속을 꿰뚫어 보았어야 했다. 수술을 하러 집을 나설 때 시어머니는 사진틀에 쌓일 먼지와 보일러를 걱정했다. 사람이 없으면 먼지는 더 기승을 부린다고 했다. 집을 쓸고 닦으라고 말했다. 보일러를 켜두고 절대 외출하지 말라고 하지 않았던가. 시어머니에게 그 집은 처음이자 마지막 자부심이었다.

유미는 남편이 꾸는 꿈을 떠올렸다. 자꾸 못에 걸리는 꿈을 꾼다는 남편의 말은 어쩐지 꾸며낸 이야기 같았다. 항상 남편은 뭔가 결정할 때 두려운 마음을 그렇게 말하곤 했다. 남편은 우유부단했지만 착한 사람은 맞았다. 하지만 자꾸 꿈속에서조차 자신을 부려먹는 것이 얄미웠다. 유미는 남편의 꿈속에 나오는 못들을 사실 지금 이 집 안에서 보는 것 같았다. 남편으로 인해 유미는 못에 걸린 채 허우적대는지도 모른다.

시어머니는 남편의 고등학교 시절을 이야기해주었다. 교사의 착오로 잘못된 성적표를 받아야만 했다. 시장에서 일하다 급히 교무실로 들어온 시어머니의 몸에서 물씬 음식 냄새가 풍겨 나왔다. 성적 처리에 아무런 문제가 없다는 담임교사의 말에 어머니는 그냥 머리를 끄덕거렸다. 하지만 전교 석차 사십 등이 오가는 상황이었다. 가게 문 열기에 바빠서 어머니는 선생님께 사드릴 셔츠 한 벌 값을 지금 드릴까 그냥 나중에 종이봉투에 넣어드릴까 생각하다가 그만

두었다.

'그러지 마세요. 어머니 우리가 뭐 아쉬워요? 내 성적과 다른 애 성적을 바꾼 선생에게 셔츠까지 사주다니. 아까워요.'

"그래. 네가 잘못한 일이 없으니, 넌 나쁜 녀석은 안 될 거니까….'

담임선생을 만나는데 빈손으로 왔다는 것이 무안했던 어머니에게 재이는 큰 소리로 말했다. 시장일이 바쁜 어머니는 바삐 돌아갔다. 그저 아들이 나쁜 놈이 안 되는 것으로 어머니는 그 일의 종지부를 찍었다. 그때 할 일은 산더미처럼 많았고, 사는 일에는 때로 억울함도 있는 법이라고 어머니는 말했다. 그 후로 재이의 고등학교 성적은 떨어졌다. 학교 공부에 흥미를 잃었고 학과공부를 하지 않거나 교사의 말에 늘 제대로 대답하지 않은 것으로 재이는 자신의 울분을 표했을 뿐이다. 아무런 일도 하지 않음으로써 세상에 반항하고자 했다. 한번 구부러진 못은 제대로 박히지 않았다. '뽑고 다시 다른 놈으로 가져와' 망치질할 때 그렇게 말해줄 아버지가 없었다는 것도 지금 생각하면 변명일 뿐이다.

"커피 마셔요."

아내는 테이크아웃 커피를 건네주었다. 아파트 상가에 새로 생긴 커피점에서 아내는 아메리카노를 사들고 왔다. 빈 아파트 안에서 먹는 커피는 어떤 맛보다 진하게 느껴졌다. 빈 집에서 나는 벽의 흙내를 맡으며 재이는 오늘따라 아내가 좀 자신을 챙겨주는 것 같아 기분이 좋았다.

"벽지 새로 바꾸고 화장실도 타일 다 바꾸고 그리고, 그리고… 가구도 들여놓는 건 어때?"

아내가 신발을 신은 채 방을 돌아다니며 말했다.

"침대며 책상이며 테이블을 넣고 여행자를 위한 게스트 하우스로 바꾸는 거."

아무런 볼거리도 없는 이런 곳에 여행자를 위한 숙박이 가능할까? 누가 여기에 올까? 하루하루 똑같은 쳇바퀴 같은 일상의 한가운데 여행을 오는 사람이 없을 거라고 재이는 말했다.

"글쎄. 이름난 휴양지도 아니고 도시 한가운데 게스트 하우스라니."

"사람들이 꼭 이름난 휴양지만 찾아가는 게 아닐 거야. 아무도 생각하지 않는 이런 익숙한 아파트에서 아무도 모르게 와서 지내고 싶은 사람도 있을 거야."

아내가 거실에다가 싣고 온 벽지 두루마리를 풀었다. 넓은 폭의 온화한 베이지 톤 실크 벽지다. 가구를 넣고 게스트 하우스 만들기까지 할 일은 많이 남았지만 지금은 벽을 고르고 못을 뽑는 일부터 해야 한다. 재이는 다시 펜치를 집어 들었다.

"이봐. 못들이 여기 또 있어."

바닥에 주저앉아 줄지어 있는 못을 바라보며 재이는 벌레를 본 듯 소리를 삼켰다.

"못들이 점점 자라나는 것 같아."

커피를 마시던 아내는 고개를 갸웃거렸다. 어머니가 돌아가시고 이 집으로 잠깐 들어와 살 때도 아내는 문틀에 나 있던 가느다란 못을 뽑아냈다. 너무 가느다란 못은 마치 실지렁이 같았다. 아내는 힘을 주어 못의 작은 뿌리까지 뽑아내려는 집착을 보였다. 방 안의 낡은 장판 바닥을 들어 올리며 아내는 장갑을 꼈다.

"어딘가 못의 뿌리가 있을 거야. 그걸 자르지 않고는 저 돋아나는 못들을 막을 수 없어요."

아내는 조금씩 벽을 뜯어내기 시작했다. 아내는 이제 화장실의 타일 벽들까지 통째로 파 들어갈 기세 같았다. 아내는 타일을 부수기 시작했다. 타일이 진동에 따라 금이 가고 투두둑 조각이 떨어져 내리기 시작했다.

"못의 뿌리가 이 벽을 다 망친다구. 이런 상태라면 도배를 해도 주름이 많이 생겨 망치게 돼요."

화장실 타일 속에 파묻힌 못은 오래되었는지 꼼짝도 하지 않았다. 아내가 힘을 가할 때마다 펜치의 압착 부분에 조금씩 녹이 묻어 나왔다. 못은 오래전부터 낡아 있었지만 아무도 빼내지 않았다. 못은 벽과 하나로 결합되어 또 다른 물질이 된 듯이 펜치로 흔들어도 빠져나오지 않았다. 재이는 펜치를 다시 큰 것으로 바꾸었다. 어쩐지 아내도 녹슨 못도 낯설게 보였다.

아내는 일에 단련된 듯 거침없이 장갑 낀 손으로 벽 앞에서 벽지를 찢어나간다. 타일을 파헤치며 못 자국을 파헤쳐나가려는 듯 어느새 벽 하나를 다 파들어간 듯했다.

"아버지가 어릴 때 내게 의자를 만들어줬는데 그 망치 소리 때문인지 뭔지 모르지만 하여튼 난 못을 하나 삼켰어. 아마 지금도 내 몸속에 있을 거야."

재이는 자신이 못을 삼킨 이야기를 또 했다. 아내는

천장의 벽지를 긁어내려고 사다리를 놓았다. 아내의 몸이 뿌옇게 보였다. 먼지가 피어올랐다. 방 안에 물을 좀 뿌려야겠어. 재이는 몸을 일으켰다.

"내게도 의자를 만들어 주던 그런 사람이 있었어. 우리가 착한 아저씨라 부르던 사람. 우리 동네 목공소에 있던 아저씨인데 얼굴은 기억나지 않아. 대충 한 번 인사하고 마는 그런 사람이니까. 그런데… 목소리가 이상하게 좋았어."

"그래? 그렇구나."

사다리를 오르는 아내를 쫓아 재이는 천장을 둘러보았다. 천장 귀퉁이에 박혀 있는 못은 누가 쓸데없이 쳐 놓았을까? 재이는 아내가 언젠가는 천장을 다 정리하고 도배를 다 할 거라고 믿는다. 솜씨 좋은 여자였고 믿을 만한 전문가였다. 재이는 구역을 나누어 천장의 벽지를 뜯어냈다. 재이는 사다리에서 내려와 다시 펜치를 잡았다. 아주 작은 은빛의 못들이 물고기 비늘처럼 번쩍거리며 벽 틈에서 돋아나 보였다. 언제 일을 시작했는지 모르게 시간은 훌쩍 가버린 것 같았다. 오후 네 시 반이면 이곳에 저녁 햇살이 잠시 머물다 간다. 뽑아도 자꾸 눈에 못이 보이는 것이 이 집의 특징이다. 재이는 바지춤을 추스른다. 보잘것없이 먼지 나는 뿌연 삶이라지만 그러나 아직도 시간이 남았다. 해야 할 일이 상상하는 것처럼 산더미처럼 남아 있었다.

작가의 말

오래도록 가보고 싶었던 어린 시절 살았던 집에 우
연히 들어가 보았다. 재개발을 기다리다가 지금은 빈
집이 되어버린 곳이었다. 이사를 하고 떠나온 그곳은
가끔 꿈에도 등장했다. 그 집 마당에서 처음으로 하
늘을 올려다보며 구름이 흐르고 세상이 흐른다고 느
꼈다. 열한 살 즈음이었다. 가끔 집을 관리해 준다는
나이 지긋한 이웃집 부인이 대문을 열고 나오다가 나
의 부탁을 들어주었다. 그렇게 수십 년 전의 기억 속
그대로일까 싶어 들어간 그곳은 좁고 낡고 아득했다.
예전 그대로의 철제계단과 바뀌지 않은 방과 페인트
떨어져 나간 벽. 그 공간 속에 들어가니 시간은 사라
지고 만 듯했다.

가끔 꿈에 낯설고 어두운 밤의 공간에서 나의 집으로 가는 버스를 기다리다가 불빛에 홀린 채 더 모르는 곳으로, 잘못된 방향의 길로 접어들기도 했다. 어떤 길이 목적지란 말인가 하고 물으니 버스기사가 말해주었다. 떠도는 동안은 그 어디라도 목적지라고. 그 말을 잊지 않으려고 꿈에서도 중얼거린다. 집으로 가기 위해 애쓰던 꿈에서 깨어났을 때 그 애쓴 것이 가여워 나를 위로했다. 그리고 소설을 쓰는 것이 홀로 집을 찾아 나서는 꿈의 재현 같다고 여겨졌다.

두 번째 소설집을 낸다는 것은 단순히 첫 소설집처럼 기대감이나 설레는 마음만 있는 것이 아니다. 이미 다 아는 오래된 집 안을 두 번째로 걸어 들어가 익숙한 위치의 서랍장을 여는 기분이다. 아프기도 하고 외롭기도 한 집을 찾아 나선 밤의 버스길처럼 더듬어 두 번을 가는 그 일은 더욱 신비하고 그럼에도 여전히 알 수가 없다.

올 한 해는 이상한 징조의 날들이었다. 코로나19와 사람들 간의 격리. 장소의 물성은 이제 사라지고 말

것만 같았다. 전 세계적으로 비행기와 지하철과 광장과 밀폐된 극장이 두려움의 장소가 되어버렸다. 그래서 우울하고 전례 없는 일들이 파도처럼 몰려왔다. 그 시간 속에서 소설을 다시 다듬고 정리하고 벽돌을 쌓듯 단순하게 네 귀퉁이를 맞추며 지내왔다. 가상의 공간 속에서 소설을 쓰는 일이 다시금 고맙게 느껴진 날들이었다.

이번에 묶은 일곱 편의 소설들은 모두 사라지는 것들에 대한 이야기이다. 내밀한 기억과 한때 찬란하다가 빛을 잃은 아름다움, 함께 기대며 지내다가 먼저 떠나버린 사람에 대한 이야기. 어쩌면 소설을 쓰면서 나는 사라지고 모든 게 흘러가 버린다는 것을 말하고 싶었는지 모른다.

책이 나오기까지 꼼꼼하게 챙겨봐 주신 편집자 분들께 깊은 고마움을 전한다. 지금의 나를 이해하고 보듬어주는 사랑하는 가족과 다정한 친구들에게도 고마운 마음을 전하고 싶다.

그리고 이 소설이 하루를 끝낸 저녁나절, 홑이불을 덮고 잠깐 조는 초저녁잠처럼 다가가면 좋겠다. 하루

의 근심과 아쉬움을 잊고 살짝 잠들었다가 밤에 뜬
별을 보러 깨어날 수 있는 그런 잠처럼 편안하기를.

2020 가을에
정미형

수록작품 발표지면

1. 벽 속으로 사라진 남자(원제: 벽으로 사라진 남자)
   _『학산문학』 2017년 겨울호
2. 봄밤을 거슬러_2019년 현진건문학상 우수상
3. 수박의 맛_『The 좋은 소설』 2018년 가을호
4. 당신 곁에 언제나_『주변인과 문학』 2018년 여름호
5. 고무나무 이야기_2018년 경북일보 문학대전 소설 금상
6. 노란 등_『해양과 문학』 2016년 제19호
7. 못 자국_『학산문학』 2014년 봄호

봄밤을 거슬러

초판 1쇄 발행 2020년 10월 15일

지은이 정미형
펴낸이 강수걸
편집장 권경옥
편집 박정은 윤은미 강나래 김해림 최예빈
디자인 권문경 조은비
펴낸곳 산지니
등록 2005년 2월 7일 제333-3370000251002005000001호
주소 부산시 해운대구 수영강변대로 140 BCC 613호
전화 051-504-7070 | 팩스 051-507-7543
홈페이지 www.sanzinibook.com
전자우편 sanzini@sanzinibook.com
블로그 sanzinibook.tistory.com

ISBN   978-89-6545-674-2 03810

＊ 책값은 뒤표지에 있습니다.
＊ 이 도서의 국립중앙도서관 출판예정도서목록(CIP)은 서지정보유통지원
 시스템 홈페이지(http://seoji.nl.go.kr)와 국가자료공동목록시스템
 (http://www.nl.go.kr/kolisnet)에서 이용하실 수 있습니다.
 (CIP제어번호: CIP2020041105)
＊ 본 도서는 2020년 부산광역시, 부산문화재단 지역문화예술특성화지원
 부산문화예술지원사업으로 지원을 받았습니다.

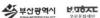